詩與畫的繆思
——藝術詩

楊佳蓉 著

詩與畫的繆思──藝術詩　目次

序｜鑄彩妍詩　/莫渝　　　　　　　　　　001

序｜文學・繪畫・吟詠　/蕭巨昇　　　　　010

自序　　　　　　　　　　　　　　　　　013

現代詩：

情景閃爍──致敬臺灣前輩畫家廖繼春　　018

浸潤式的鄉情韻致（郭柏川）　　　　　　022

故鄉的思慕（李梅樹）　　　　　　　　　026

溫情鄉韻（李梅樹）　　　　　　　　　　031

玉山畫逸想（林玉山）　　　　　　　　　034

幽幽鄉情──致敬臺灣早期畫家郭雪湖　　037

牧笛　　　　　　　　　　　　　　　　　040

蘋果　　　　　　　　　　　　　　　　　041

榮與枯　　　　　　　　　　　　　　　　042

飄羽白鷺鷥　　　　　　　　　　　　　　043

紫花春逸　　　　　　　　　　　　　　　044

穗花夏夢　　　　　　　　　　　　　　　045

蟬翼凡間　　　　　　　　　　　　　　　046

纖雨與大氣　　　　　　　　　　　　　　047

七夕・鵲華秋色　　　　　　　　　　　　048

相遇（敦煌莫高窟）	049
維納斯的誕生（波提切利）	052
神秘達文西	054
獨角獸與女子（拉斐爾）	057
巴洛克	059
委拉斯蓋茲之塞維爾	060
委拉斯蓋茲之宮廷	062
委拉斯蓋茲之侍女	063
委拉斯蓋茲之神話	064
洛可可	065
大衛・新古典	068
德拉克洛瓦・浪漫主義	070
虛幻的真實──田園詩般柯洛畫	072
尤麗蒂希的試探	077
庫爾貝之寫實	079
庫爾貝之鄉村女子	081
庫爾貝之花架	082
庫爾貝之波浪	083
庫爾貝之家鄉	084
黑蝴蝶（馬奈）	085
大地之鄉野（畢莎羅）	087

大地之果實（畢莎羅）	088
畢莎羅・幸福	090
畢莎羅・瓶花	091
畢莎羅・俯瞰	092
「莫內・印象」之日出	093
「莫內・印象」之船舟	094
「莫內・印象」之花園	095
「莫內・印象」之自然	096
「莫內・印象」之生活	097
「莫內・印象」之視覺摹寫	098
雷諾瓦	099
純真・莫莉索	102
母子情・卡莎特	104
恬靜女子・卡莎特	107
聖維克多山（塞尚）	110
麵包與沙拉	113
如花蜜般濃郁——溫情波那爾	114
女人的三個階段（克林姆）	118
向日葵（克林姆）	120
狂放馬諦斯	121
畢卡索・立體派	124

夢的方向感之夢想（克利）	127
康定斯基・抽象繪畫	130
愛相憐（夏卡爾）	132
杜象・未來主義	133
杜象・達達主義	134
超現實狂想曲	135
微觀歐姬芙	138
安迪・沃荷，普普藝術	142
黃色小鴨（霍夫曼）	144
大漁櫻之紅	146
愛情的風格	147
阿勃勒光色	148
一方綠	149
藍的遊戲	150
睡蓮池的一襲優雅紫色	151
渾沌之黑	152
白鶴芋	153
粉紅的變幻	154
灰之渾渾	155
水光與褐岸	156
艷艷朱槿花	157

華文俳句：

紫藤1	（春季語）	158
紫藤2	（春季語）	158
三色堇	（春季語）	158
金盞花	（春季語）	158
炮仗花	（春季語）	158
情人節1	（春季語）	159
情人節2	（春季語）	159
媽祖	（春季語）	159
清明	（春季語）	159
氣球	（春季語）	159
艾草	（春季語）	160
桃花	（春季語）	160
桑葚	（春季語）	160
燕鷗	（春季語）	160
鱈魚	（夏季語）	160
刺竹	（夏季語）	161
向日葵	（夏季語）	161
母親節	（夏季語）	161
波斯菊	（秋季語）	161
跨年	（冬季語）	161

序
鑄彩妍詩
──讀楊佳蓉藝術詩

莫 渝 詩人

　　認識楊佳蓉是晚近的事。她任教大學，專業文學、藝術學、美學等。有多次繪畫個展，也有詩作在《臺灣現代詩》、《掌門詩學》、《葡萄園》、《笠》、《華文現代詩》等詩刊發表。具學者、畫家、作家、詩人多重身分。已出版個人著作二十餘冊，包括：《文藝美學論集》、《論元代文人畫之人生意境》、《藝術與生活──視覺美學之翱翔》、《藝術美學──玄妙中西繪畫》、《藝術欣賞──絢彩西洋繪畫》等及個人詩集《恬淡美學──生活詩》等。顯見是一位精通東西美學詩學理論與創作並行的作者。

　　近日，楊教授整理她教學西方與臺灣畫家畫作之餘的題詩，以及為自己繪畫的寫詩，集結出版《詩與畫的繆思──藝術詩》乙書。有顏彩的畫搭配抽象的文字，詩與畫都源自繆思，這是很有趣的組合。

　　為畫家寫詩，幫畫作題詩，是詩人的必然功課。1930、40年代中國新文學詩人馮至、鄭敏等都有這類詩

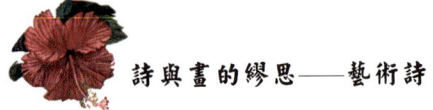

詩與畫的繆思——藝術詩

作。鄭敏稍多,有幾首詩:〈荷花〉(觀張大千氏畫)、〈獸(一幅畫)〉、〈Renoir 少女的畫像〉、〈一瞥〉(Rembrandt 的畫)、〈最後的晚禱〉,還包括為雕像寫詩〈垂死的高盧人〉等。臺灣詩人也有這方面的寫作記錄。近期,詩人紀小樣也對畫家畫作有所描述。畫家梵谷事蹟的迷魅,最吸引多位詩人動筆。

詩的產生,因心象。心象即影像、圖案。因而有詩畫同源說。「詩中有畫,畫中有詩」,東方這麼說,西方18世紀法國美學家狄德羅(Diderot,1713～1784)也這麼說(論畫斷想:畫中有詩,詩中有畫)。詩,用文字傳達現實的影像(風景、圖案),或者內心抽象的影像。繪畫是用顏彩為媒介。心中浮現的影像,腦海閃現的事件,可以用顏料鋪陳,也可以選文字表達。文字表達,用詩或散文都曾出現。俄國小說家杜斯妥也夫斯基(1821～1881)在其晚年著作《卡拉馬助夫兄弟們》第三卷第6章用約兩百字描述畫家柯拉姆斯闊伊(1837～1887)的一幅壁上畫,意圖將畫中的農人影射小說某位角色。法國普魯斯特(1871～1922)的《追憶逝水年華》用更多的文字討論荷蘭畫家維梅爾(1632～1675)的畫及其成就。詩,更不用說了。以上就「詩畫同源」說的簡易版。

究竟先有畫,再有詩。或者先有詩,才有畫?依楊佳蓉這部藝術詩《詩與畫的繆思——藝術詩》主要的幾個類

別,第一類,臺灣畫家與畫作,第二類,西方畫家與畫作及藝術流派,第三類,自己的畫作。楊教授處理的方式應該先有畫作與畫家,再有詩。詩,如何詮釋圖像或畫家的一生或藝術流派?楊佳蓉有這樣的說法:「透過藝術詩,以文字重新呈現藝術的美感、對世界的感知與豐盈的意象。」

西方藝術思潮中,印象派的旋風興起,因素很多。庫爾貝寫實主義的影響應是重中之重。由寫實主義發展出印象派,印象派的極致,才有20世紀初的抽象主義畫家們。楊教授正好有〈庫爾貝之寫實〉乙詩。就順此談。法國庫爾貝(Courbet Gustave,1819～1877)是寫實主義的代表性畫家,楊教授挑了至少七幅畫寫五首詩。她取《畫室》和《採石工人》兩件合寫〈庫爾貝之寫實〉乙詩:

庫爾貝之寫實 / 楊佳蓉

畫室的內景
流動寓言的河
往左　塑造人民的典型
往右　遇見巴黎的朋友
波特萊爾　閱讀　沉思畫家風格
模特兒　裸身　化作藝術女神
牧童　　寧靜　不畫天使的天使
觀看一個主動的創作者

詩與畫的繆思——藝術詩

　　總結七年生涯
　　描繪不隱瞞的真理

　　描繪採石工人
　　一老一少辛勤勞動
　　一點一滴的汗水
　　濡濕現實的溫度
　　強壯的身體掙脫貧困的束縛
　　尊嚴的內心翻騰改善的力量
　　沒有感傷的淚
　　不需同情的眼
　　忠於日常所見　　寫實
　　捨棄賞心悅目　　刻畫
　　髒亂的石堆
　　破舊的衣服
　　創造普通人鮮活的藝術美

詩題〈庫爾貝之寫實〉，是要強調庫爾貝與寫實主義的關聯。這首詩前半十行解讀《畫室》，詩中一句「不畫天使的天使」。之前，畫家作畫有理想美的典範，只能從神話或宗教特定取材，世俗人物不值得作為繪畫素材。這首詩後半十三行解讀《採石工人》，一老一少的採石工人是父子或同伴，暫不管。詩人想傳達的是「創造普通人鮮活的藝術美」。底層人士也能登上「藝術美」，這是寫實主義

的籌碼。庫爾貝為何被尊為「法國藝術革新大師」？他信奉詩人波德萊爾的藝論：「現代生活裡的英雄事蹟」。《畫室》（又名：《畫室裡的畫家》）裡表現三佈局：1. 中間：畫家自己專心繪製風景畫，兩旁分立小孩與模特兒（觀賞與關心）2. 右邊：作家、畫家、音樂家、貴族夫妻、看書的詩人波德萊爾等（一群社會主義支持者）3. 左側：獵人、貧婦、丑角、工人、失業者、傳教士、掘墓工人等（社會低階層代表、普羅階層）。1855年他創作的大型油畫《奧爾南的葬禮》和《畫室裡的畫家》遭萬國博覽會評選團否決，便憤而在博覽會附近搭起一個棚子（自家穀倉），舉辦了名為「寫實主義、庫爾貝40件作品」的展覽，並發表聲明闡述自己的藝術主張，向保守派所倡導的陳腐題材和清規戒律進行了挑戰。指出寫實主義就其本質來說是民主的藝術；反映生活的真實是藝術創作的最高原則；強調反映平民生活的重要性和巨大意義。繪畫界的寫實主義出現了，未及二十年，繼起的畫家揭竿印象派。

　　再回看藝術思潮的17世紀巴洛克（Baroque），楊教授的詩如下：

巴洛克 / 楊佳蓉

巴洛克　巴洛克
不規則形狀的珍珠

詩與畫的繆思——藝術詩

羞怯的躲在陰暗的角落
陽光穿透繁複厚重的雲層
戲劇性的照射舞台上的珍珠
珍珠扭捏誇張的身體
動態的迸發繽紛色彩
沿著斜線滑滾　滾向弧線
不完美的原生
滾動出權威力量　富足華麗
它只想釋放情感　強烈至極

Baroque的原義：大而形狀不勻稱的蚌珠，含有不整齊、扭曲、怪誕的意思。畫布上營造動態和戲劇性的光影及色彩效果，構圖上強調弧線與對角線的應用，讓畫的空間產生深遠的感覺；在建築上，充滿裝飾的建物，大量採用弧線的整體造型，圓屋頂、大扶梯以及十分考究的庭園、廣場、噴泉和雕刻。法國凡爾賽宮建築是典型代表。巴洛克表現神權君主的榮華富貴，絕對君權主義，算是君主專制的藝術。楊教授的詩掌握了Baroque的特點，強調「權威力量　富足華麗」。

狄德羅在〈藝術評論家的自白〉乙文說：「我們秉賦不同，我們沒有一個有同等分量的感受性。我們都按自己的方式使用一種本身就有毛病的工具，一種講過了頭或講得過於簡略的個人特有的語言。」每個人秉賦不同，可能

還包括偏愛,個人的喜歡。畢卡索作畫無數,楊教授只取四幅包括《亞維儂的少女》乙件,作為立體派的演繹。克林姆被大家注目的畫,如《吻》、《女人的三個階段》、《朱莉絲Ⅰ》、《達納伊》、《雅典娜》、《持扇的女子》等,充滿情慾浪漫頹廢的金箔華麗,楊佳蓉取前兩幅完成〈女人的三個階段〉乙詩,另取《向日葵》寫同題的詩。畫史上,梵谷的《向日葵》更有名。但,細品楊教授這首詩〈向日葵〉,很清晰地傳達克林姆的另一種平靜的風格,也容納作者的創意:「向日葵　高高掛在頂端/片片葉子綴編成/杜詩裡的金縷衣/向日的臉龐笑吟吟/舞步曼妙輕盈/周圍翠玉天地/也隨著克林姆旋轉」。臺灣前輩畫家著筆很多,大部分是畫作的詩解讀,對應畫家的一生。

　　畢卡索說:「一幅作品來自於離我遙遠的地方——未知的某個遠方。我先想像、而後看見、最後完成這幅畫。」這句話合宜地投映在詩人的寫作。楊佳蓉為東西方畫家所寫的藝術詩,文字篇幅較長者,有時是幾幅的詩的集結、並連(或言:組詩)。這部藝術詩集內,她自畫自題的12首,僅3首超過15行,餘者均在15行以內。這樣的的篇幅:精簡易懂意象濃縮,讀者容易接受。她的藝術詩,直覺是先有畫,再題詩。本文開始,提及詩畫同源。身為畫家詩人一體的楊佳蓉,她的自詩自畫,有沒有左手畫畫右手寫詩(或左手寫詩右手畫畫)?

序　鑄彩妍詩　007

詩與畫的繆思——藝術詩

楊佳蓉為畫家們題詩，詩題會套用原畫標題。自己的詩與畫，似乎並不同題。是否有意要劃分界限，這是兩件個體：詩是詩，畫歸畫。以詩〈一方綠〉和圖〈山徑〉為例，但，又不盡然。山徑的前端與兩側，全綠：「吸滿能量的綠／青翠欲滴／一口服下／沁入心田／浸濡綠的洗滌／渾然忘形」。此畫此詩也渾然一體。或許，畫家與詩人要展示的是創意的無限吧？！

近閱《笠》詩刊361期（2024.06.15.）頁87，楊佳蓉〈潮汐波光〉僅6行：

沙灘上相融的剪影羞紅了夕陽
傾斜的海平面在酒杯中晃動
尋求平衡猶若天秤
任憑日月萬有引力
調製一日復一日的潮汐
此刻眼中的波光是閃爍的絕對存在

文字定型了，也有畫的布局。似乎等著畫家的彩筆揮毫。

教授楊佳蓉在課堂用散文口語敘談藝術家的繪畫作品，及繪畫流派思潮。詩人楊佳蓉用「詩句」詮釋或表達畫家及其畫，兩者的行徑一致。楊佳蓉這部藝術詩集有史的概念，尤其是西方美術史，有畫家的詩，有流派的詩，

她將自己的教學蛻化成詩。這樣詩畫交融的藝術詩集,令人感佩她的創意。梵谷致友人范拉帕信箋言:「我的繪畫如果其中有些能令你感動的東西,那絕對不是無心之作,而是衷心的盼望與目的所在。」楊佳蓉這部藝術詩集,除了集結、濃縮自己的教學與自畫的成果,最主要的當然是期盼讀者的喜愛以及詩壇的回響。

2025.02.10.

圖:《八朵香水百合》│楊佳蓉
2015年│油彩・畫布│53×45.5cm(10F)

詩與畫的繆思──藝術詩

文學・繪畫・吟詠
序談楊佳蓉《詩與畫的繆思──藝術詩》

蕭巨昇
畫家、藝術學博士、元墨畫會榮譽理事長

　　文字做為文學的載體，或可以將文字視為「詩象」；在中國文學史與繪畫史上，文學透過文字的書寫與文學內涵對繪畫一直有著深刻的影響，不論是從漢唐時期的「圖詩」與「詩圖」，或是唐宋盛行的詠物詩與詠畫詩，以及元明清三代盛行的題畫文學等，都是文學與繪畫相互輝映的燦爛史頁。在談到詠畫詩時，我們不得不將其拉回到詠物詩的範疇裡來討論，才能更為確切而完整的理解其精神內涵。

　　南朝劉勰所提：「人稟七情，應物斯感，感悟吟志，莫非自然」，借物抒懷與託物言志，注重比興，或可視為是文人雅士對世間萬物千狀百態的情感抒發，這也是詠物詩的初心；而明代王漁洋借用禪學思想提出了「不粘不脫，不即不離」的觀點，注重詠者與被詠者之間的文學表現，是詠物詩的哲學命題，更是詠物詩最為重要的精神內涵指標；復有清人鄒祇謨提出：「詠物不取形而取神」的傳神論，如同繪畫中的「象」與「意」、「形」與「神」

的命題,又將詠物詩從哲學的命題中引回「象」的範疇中,討論繪畫與文學兩者間的理想境界。

楊佳蓉教授不僅是位畫家,更是一位有著藝術文學著作等身的專家學者,成就斐然;欣逢其新作《詩與畫的繆思——藝術詩》付梓成書之際,很榮幸能應邀為老師大作撰寫序文。楊教授的藝術詩,雖源於古典文學詠畫詩,卻是二十一世紀難能可貴的藝術表現形式,續往開來,開啟了詠畫詩與題畫詩的當代創作形式。從其宏觀的視野與強大的企圖心,試圖以藝術詩來撰寫一部富含文學性的藝術史大作看來,這份雄心壯志,足以撼動眾人。

在《詩與畫的繆思——藝術詩》的內容中,包含了中西美術史中的偉大名作,也有海內外引人入勝的作品,不僅在時間軸上縱貫古今,更在空間軸上橫貫中西,實非易事。例如:在西洋美術史上包含文藝復興時期的波提切利、達文西、拉斐爾的畫作,楊教授各以詩作〈維納斯的誕生〉、〈神秘達文西〉、〈獨角獸與女子〉來表現;在巴洛克時期委拉斯蓋茲的畫作以四首詩來演繹;及刻畫大衛、德拉克洛瓦、柯洛、庫爾貝的詩作,與描寫印象派和後印象派的馬奈、畢莎羅、莫內、雷諾瓦、莫莉索、卡莎特、塞尚等詩作,還有詩繪波那爾、克林姆、馬諦斯、畢卡索、克利、康定斯基、夏卡爾、杜象、歐姬芙、安迪・沃荷、霍夫曼……,著實太豐富;並有對於臺灣前輩畫

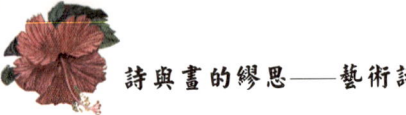 詩與畫的繆思──藝術詩

家、當代藝術家與楊教授本身畫作的詩寫。究其內容,楊教授的藝術詩作在切與不切間,不即不離,不粘不脫,足為傳神之作,再次表示祝賀與敬佩之意。

圖:《海上方山──淨域冥思》｜蕭巨昇
2024年｜水墨・礦物顏料・植物膠・紙本｜64.4×168cm

自序
詩與畫的繆思

　　「依仁游藝」的儒家思想經常做為文藝創作的根本原則，創作是心跡的表現，高曠的心靈就會折射出高逸的作品內容與意境，可見文藝創作與生活的修養息息相關。藝術，是我近些年來開始現代詩寫作最常表現的題材，如今我稱之為藝術詩，可說是藝術與文學、人生意境的結合。我的藝術詩內容與畫家作品、繪畫色彩、風格形式、美術流派和主題哲思等有關，一首一首寫著寫著，就產生了以中文詩呈現世界美術史的宏願，並且我也為自己的畫作寫詩。

　　在這本個人詩集《詩與畫的繆思——藝術詩》裡，西洋美術史的各時期畫家精選大致上已經寫成了第一套，包括：文藝復興時期、巴洛克時期、洛可可時期、新古典主義、浪漫主義、自然主義、寫實主義、印象派、後印象派、象徵主義、野獸派、立體派、表現主義、抽象繪畫、巴黎派、未來主義、達達主義、超現實主義、普普藝術、觀念藝術等，含古典藝術至現代藝術、後現代藝術；於是以後可以繼續寫第二個循環或更多循環的西洋藝術詩。

詩與畫的繆思——藝術詩

　　在臺灣藝術史上，詩作已寫前輩畫家廖繼春、郭柏川、李梅樹、林玉山、郭雪湖與當代藝術家楊平猷等人，開啟我的本土藝術詩之後，期盼寫得愈來愈多；而中華藝術史則以短詩預示將來的創作。最初寫色彩的主題，我為每種色彩寫了詩，包含紅、橙、黃、綠、藍、紫、白、黑、灰、褐、粉紅，金色等；內容意喻繪畫風韻和透視等，創作哲思和人生意境則源自老莊哲學，尤其是莊子美學。

　　我的藝術詩很特別的寫出美術流派裡的畫家如何運用其透視法，如後印象派塞尚的鳥瞰性透視、立體派畢卡索的多面性透視、未來主義杜象的流動性透視，與中華水墨畫的散點透視法等，其中產生「視點移動」的創意形式，把潛藏的實在和感觸突顯出來，呈現二次元平面的繪畫性；還有超現實主義重視隱藏的寓意，表現比物象更豐富的內涵、內在思索與潛意識。在我的藝術創作裡也運用了這些透視法和觀念；透過藝術詩，以文字重新呈現藝術的美感、對世界的感知與豐盈的意象。

　　自古藝術家強調詩畫同律，宋代蘇軾提出詩與畫在創作審美意趣的共同要求，他說：「詩畫本一律，天工與清新。」他曾讚美王維的詩與畫：「味摩詰之詩，詩中有畫；觀摩詰之畫，畫中有詩。」許多文人都強調了詩與畫的同一性，如張舜民說：「詩是無形畫，畫是有形詩。」

黃庭堅說：「李侯有句不肯吐，淡墨寫作無聲詩。」周孚說：「東坡戲作有聲畫，嘆息何人為賞音。」都把畫說成「無聲詩」、「有形詩」，把詩說成「有聲畫」、「無形畫」，亦即詩與畫在於有聲無聲、無形有形之別，但就創作審美意趣來看卻是具有同一性。而今我的藝術詩將畫與詩融合一起，有聲無聲、無形有形都在其中。

　　我非常喜歡藝術和文學，由於喜歡藝術，我繪畫、研究藝術，這些都成為我寫詩的題材；由於喜歡文學，除了詩，早先我寫小說，之後研究文學，獲得文學博士學位，文學的養分溶入生活美學，均變成我寫詩的題材。長年從事教育工作，在大學任教到升任副教授至今，長久以來浸濡於學術研究，發表了90多篇論文，也出版了20多本藝術與文學的著作，例如：《藝術美學——玄妙中西繪畫》、《藝術與生活——視覺美學之翱翔》、《文藝美學論集》等，這些辛勤的研究成果皆滋養了我的現代詩創作。詩的寫作需要更獨特新穎的創意和想像力，相較一首詩比一篇論文短，但往往我寫一首詩所付出的心力和時間似乎不下於寫一篇論文。

　　《詩與畫的繆思——藝術詩》詩集裡，每一首藝術詩皆已獲登發表於各大詩刊與文學刊物；曾得到很多詩刊和詩人前輩們、文友們的鼓勵和讚賞，十分感恩，多年來持續寫了許多詩。以往為更完整的表達藝術美感的體驗，我

詩與畫的繆思——藝術詩

在個人的藝術展中，匯合油畫作品與現代詩一起展覽，例如多次的「楊佳蓉畫與詩藝術展」；今第一次將藝術詩作集結出書（另有兩本：地景詩與生活詩幾乎同時出版），並附上我的油畫作品（及以名畫作品為附圖），內心充滿感謝與喜悅。

生命感動人之處，莫不盡性、盡情、盡興，繼而淋漓盡致；無論藝術創作，還是藝術詩寫作，均將自己的心靈達到無限的自由，經由自我內在而產生富美感的創作。悠悠時光裡我的生活與藝術、文學緊密相連，應是對藝術和文學有無比熱忱，才能持續著自己所喜愛的創作，對於藝術詩更有一份沉浸於美的愛；期許未來繼續努力，敬請各位先進多多予以指正，萬分感激。

作者 楊佳蓉序於揚晨樓 20250103

圖：《女人・美麗》｜楊佳蓉
2000年｜油彩・畫布｜65×53cm（15F）

自序 詩與畫的繆思──藝術詩 017

詩與畫的繆思——藝術詩

情景閃爍——致敬臺灣前輩畫家廖繼春

在葫蘆墩的街上
揹著小姪兒沿街叫賣油條　油條
油條在崎嶇的夢田裡
迷迷濛濛的化為一支一支畫筆
新公園的油彩滴灑內心的欲望
瓊仙親密溫情挹注　純樸自畫像
是留日的果實　也是畫家的起點
塗繪純樸家鄉的光色　流連
紅棕土地　亮白房屋　青綠山嶺
閃爍真實的自我

有香蕉樹的院子　萌生印象的色彩
透過台灣明亮的陽光
旋轉為沉穩的風土結構
居民勤奮的日常　在大片蕉葉遮蔭下活絡
摺疊的古厝長路　藏匿青春的足音
攤示的光影沿著歲月的稜線緩緩前進
消失在路的遠方　匯集的一個透視小點

百合花　從遼闊的蔥翠草原
走入束集的瓶花　聖潔容顏幽靜俯首
安撫失去摯友的悲痛
五月畫會迎來沁涼的海風　掀起現代藝術的
波濤　有志一同的在畫布裡延伸世界

林中夜息　赴美遍觀後升騰抽象的大自然
猴、蝴蝶、貓頭鷹　沉睡在默夜的潛意識裡
自動點描　直覺線條　繽紛色塊
堆疊復堆疊　具象的實景消溶於天地的氣息
在主觀的韻律中　隨著隱形音符抒情的舞蹈
在凝鍊的油彩中　隨著瑩白亮光和諧的呼吸

東港晨色　晚年歇息的港口泛著潤白晨曦
一頭溫順的野獸　穿梭有形與無形
在粉紅與藍紫的互補色中　迸放融融生機
返回柔美的本土色彩　揮灑浪漫的筆觸
演繹台灣南北海岸與河流的嫵媚

延伸美感觸角至世界各地寫生
西班牙特麗羅　分割的山林與幾何形房屋
呼應立體派的韻致　在驕陽下律動
威尼斯　波光水影在玫瑰色中流動
淡藍似鳶與魚　更自由的飄盪
繼春遠眺　他說「我的語言就是繪畫」
繪畫明朗欣悅　豐富人間心靈

註：廖繼春（1902—1976），出生在葫蘆墩（臺中豐原），是臺灣美術史上重要的畫家之一。其妻為林瓊仙。1928年以作品《有香蕉樹的院子》入選帝展，畫作洋溢臺灣的鄉土民情。畫風包含印象派、抽象主義、野獸派等，考察寫生擴及美歐各地，發展出個人的色彩與風格，晚年達到個人繪畫高峰。

《臺灣現代詩》202406

圖：《有香蕉樹的院子》｜廖繼春
1928年｜油畫｜129.2×95.8cm
臺北市立美術館

圖：《百合花》｜廖繼春｜油畫

圖:《林中夜息》｜廖繼春
1969年｜油畫｜96×107cm

圖:《東港晨色》｜廖繼春
1976年｜油畫｜30F
臺北市立美術館

圖:《西班牙特麗羅》｜廖繼春
1975年｜油畫｜80×100cm
臺北市立美術館

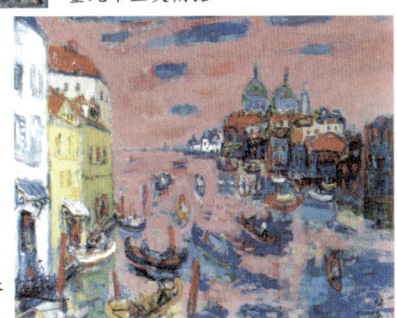

圖:《威尼斯》｜廖繼春
1973年｜油畫

情景閃爍——致敬臺灣前輩畫家廖繼春 021

詩與畫的繆思——藝術詩

浸潤式的鄉情韻致
（致敬臺灣前輩畫家郭柏川）

亮麗陽光遍照台南古都
是出生也是漂泊後定居的地方
明快的筆觸彷如出鞘的劍　湧洩淺磚色
將南國景物砌上熾熱的紅艷
油彩飽含松節油　迅速曳灑在宣紙上
狼毫毛筆直覺繪出剛柔並濟的線條
書法的意境從血液裡悠悠瀠洄
受梅原龍三郎鼓舞　融和中西繪畫
相疊色層傳神重現鄉土空間　和情感

赤崁樓　琉璃綠的椰子樹
在鈷藍的天空揚起瀟灑的身姿
朱紅的鳳凰花　與橙紅的建築物相依偎
台南孔廟的綠蔭紅牆
再次以互相逗趣的對比色　蒸騰光的熱度
台南街景　在飄行的浮雲下沉澱
鳥瞰　靜默的紅瓦房屋與遠處高塔
在暖暖的街道巷弄間流動熟悉的風土鄉情

鮮明獨特的美感語彙簌簌落紙
揮舞乘白駒的速度感　由南溯北
淡水的觀音山　酣暢淋漓於咫尺畫紙
清雅色調在水嫩韶風中散發光彩

阿里山曲徑　流暢的轉成一個月牙灣
青翠與洋紅相鄰的林木　棵棵後退
瞬間遠方迎接的會是高聳的山峰
還是山谷的幽嵐

浸潤的筆法滋養花卉朵朵綻放
線條和色彩是流淌的秋水
旋轉金色的漩渦　創生黃刺桐
翔飛杜菲樣式　形色自由
率性的動感如野獸奔騰
五彩瓷瓶與台灣廟宇、民間刺繡的顏色
躍上傾聽原野風聲的波斯菊周邊
淡黃色背景心繫大地　融濡夕陽柔暉
龐貝紅的大片桌面觀探八方
或許雷諾瓦曾經來過

群青花瓶中舒展粉紅玫瑰
更簡約有力的構圖　猶似甦醒後的清朗
寒色系和暖色系在晨光中靜靜梳洗
粉紅映著淺青　有紫色的沉思
瓶體上白色泛青的男性裸像
透露情愛的釉光

 詩與畫的繆思──藝術詩

超逸與嚴謹之間
隨心所欲的藝術家郭柏川
收放自如的繪畫　富圓融湛然東方精神
若南國陽光依然閒情照耀浮世

註：郭柏川（1901-1974），出生於臺南，1926年赴日進入東京美術學校西畫科，受梅原龍三郎等名師的影響非常大；1948年定居台南，任教於成大建築系二十多年，掀起「南國陽光」繪畫時期，展現臺灣鄉土的美好景致，蘊含濃郁鄉情；尤以「浸潤式」油彩畫法，促使中西繪畫融和，是位具有獨特風格的前輩畫家。

《臺灣現代詩》202503

圖：《赤崁樓(一)》｜郭柏川
1952年｜油彩·紙本｜32.5×39.5cm
國立臺灣美術館

圖：《孔廟》｜郭柏川
1956年｜油彩·宣紙｜43×55.4cm
臺北市立美術館

圖:《淡水觀音山》｜郭柏川
1953年｜油彩・宣紙｜40.2×48cm
臺北市立美術館

圖:《阿里山山徑》｜郭柏川
1959年｜油彩・紙本｜39.7×32.2cm
國立臺灣美術館

圖:《黃刺桐》
郭柏川｜1946年
油彩・宣紙｜40.9×31.2cm
臺南市美術館

圖:《波斯菊》
郭柏川｜1946年
油彩・宣紙｜41.0×31.2cm
臺北市立美術館

圖:《粉紅玫瑰》
郭柏川｜1958年
油彩・宣紙

浸潤式的鄉情韻致（致敬臺灣前輩畫家郭柏川） 025

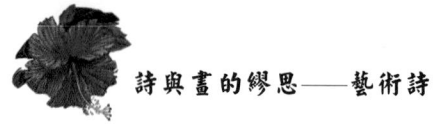

詩與畫的繆思──藝術詩

故鄉的思慕（致敬臺灣前輩畫家李梅樹）

1.
專心一意的　切蕃薯之女
攏上濃濃鄉情
周遭靜止於早期的淳樸時空

花與女　東方女子置身西方情境
水綠的天空　嫣紅的花束
讓奶酪似的亮白房屋
悄悄協調了濃烈的對比
右手悠閒的傾放桌上
十字窗框嚴謹的直角站立
重心均衡平穩　隱形潮汐停止了翻騰
簡明學院風格一如留日獲得的西洋格調

黃昏　夕陽從拉高的水平線後方斜射過來
眾多農婦站立在廣大田野中　顯得謙卑
以天地為舞台　彷彿上演一齣歷史戲劇
氣氛莊重　金色光暉凝聚成濃郁的鄉土情感
開闊場景巨幅繪製　似史詩興發磅礡氣勢
每一女性臉上映照希望的光采
畫家的長女麗霞　髮上沉靜一抹小紅花
布雷登的農民素樸精神
臨現在寶島的大地繪畫裡

圖:《花與女》｜李梅樹
1940年｜油畫｜145×112cm
國立臺灣美術館

圖:《黃昏》｜李梅樹
1948年｜油畫｜194×130cm
李梅樹紀念館

2.
白衣小姐　古典的胸針和腰帶圈選文雅性情
幽幽被民間藝術元素圍繞
鏤刻的屏風、鑲金的桌子、銅爵、瓷器

佛門少女　祖師廟誦經團的團員
坐在神殿前的折疊椅上
坦率穿著高腰迷你裙
寫實而平凡的體貌、姿態、裝扮
在熟悉環境裡的眼神
走過悠長時光向你凝視
可否記得佛門老婦的七十年代青春
故鄉的色彩　亞熱帶的綠和藍
東方人的膚色　三峽河岸的土黃色

詩與畫的繆思——藝術詩

較高的明度和彩度　平塗描繪
一絲不苟猶如照片
相機的機械眼替代了人的朦朧眼
公正客觀的親切形象　返回家鄉的質樸真實
飄盪濃厚臺灣味的中期

愛鄉的心　為三峽祖師廟重建投入畢生精力
水墨題材的寫生畫與轉刻
凝駐壁上　對善良人們綻放關懷的微笑

圖：《白衣小姐》｜李梅樹
1952年｜油畫｜116.5×91cm
臺北市立美術館

圖：《佛門少女》｜李梅樹
1976年｜油畫｜116.5×91cm
李梅樹紀念館

3.
三峽春曉　黃澄澄的春曦透露自破曉天空
與河裡黃槐花般的幻夢唱和
拱橋猶若三道虹彩日日夜夜牽引
家園的眷念　永久的思慕
回歸自然的晚年時期

清溪浣衣　連綿的三峽河畔洗衣風光
群聚婦女和天然景觀疊合
頭戴斗笠　蹲在河邊一致的洗滌
晨光細細碎碎灑落
灑落由近至遠每個形態模糊的村婦身上
休憩的草坡燦金閃閃
流動的河水波語瀲瀲
水中倒影彷似游動的魚群
眼底盡是跳躍的光與色

藝術心靈探索大自然的奧秘與能量
絢爛的光線網住當下的感覺
產生超越自我的完美創作
畫家李梅樹體悟人生　怡然自得若錦鯉
翱遊天人合一的境界

詩與畫的繆思——藝術詩

圖：《三峽春曉》｜李梅樹
1977年｜油畫｜45.5×53cm
李梅樹紀念館

圖：《清溪浣衣》｜李梅樹
1981年｜油畫｜80×116.5cm
李梅樹紀念館

註：李梅樹（1902-1983），臺灣前輩畫家，出生於新北三峽區，藝術創作與其人生體驗息息相關，題材大都來自故鄉，從早期模擬西歐的高雅格調、中期忠於本土的寫實風貌至晚年悠然自若的風格，留下無數的藝術寶藏，早期作品如《切蕃薯之女》、《花與女》、《黃昏》，中期如《白衣小姐》、《佛門少女》，晚期如《三峽春曉》、《清溪浣衣》、《錦鯉》等。其自1947年起任三峽祖師廟重建負責人，歷經三十餘年。李梅樹以油彩繪畫表達對鄉土的關懷，真實呈現臺灣的風土民情。

《從容文學》202410

溫情鄉韻（致敬臺灣前輩畫家李梅樹）

李家庭院裡的　小憩之女
左食指支唇　若有所思的模樣
猶似梵谷的伽賽醫生像
像貌湧現於地上散落的畫冊
相會在正午迷迭香的氛圍中
雷諾瓦的浴女圖
則裸裎於午後的翻頁
黃綠黃褐與溫煦的陽光相映
早期的本土柔和氣息
律動印象派的光與色

白晝　女人領著孩子們踏上原野
郊遊
宛若一張童年的老照片
有的拉著裙腳　有的緊緊跟隨
還有被抱在懷裡的嬰兒
布雷登出發到田野的呼喚
米勒實景寫生的自然光影
在西歐典雅形式裡盪漾臺灣風土人情
乳白色小狗靠攏盛大氣勢成圓形
緊密的氣氛在高地平線下
凝斂為溫情的浮生

詩與畫的緣思——藝術詩

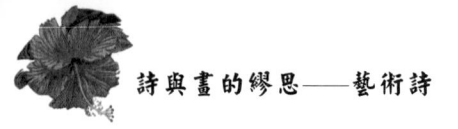

露臺　忠於視覺的鄉土味
閒站的紅花紋　落坐的藍花紋
親切的婦女服飾和形象
即使體貌妝扮姿態皆平凡
悖離維納斯理想美
仍毫不掩飾的把真實人物搬上美術陽臺
如同庫爾貝描繪日常生活所見
貓咪靜靜蹲踞在溫良純樸的氣韻裡
達摩圖像的圓扇　清涼搧出人性的關懷
50年代的繪畫語言傳遞臺灣的寫實經驗

戲水　俯瞰明暗乾濕的表情
女子、流水和溪石在初夏晨光的照拂裡
彷彿聞見三峽大豹溪的潺潺水聲
宣洩大自然的絢彩變化
內心的主觀光線網住當下的感覺
黃色絲巾透過纖纖玉手　在溪水裡游晃
畫家李梅樹不斷以故鄉景物為對象
回歸自然的藝術　從容自若呈現

註：早期作品如《小憩之女》、《郊遊》，中期作品如《露臺》，
　　晚期作品如《戲水》等。

《臺灣現代詩》202412

圖：《小憩之女》｜李梅樹
1935年｜油畫｜162×130cm
李梅樹紀念館

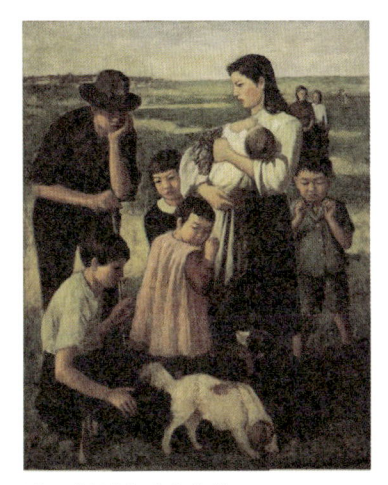

圖：《郊遊》｜李梅樹
1948年｜油畫｜162×130cm
國立臺灣美術館

圖：《露臺》｜李梅樹
1950年｜油畫｜162×130cm
李梅樹紀念館

圖：《戲水》｜李梅樹
1979年｜油畫｜116.5×91cm
李梅樹紀念館

詩與畫的繆思——藝術詩

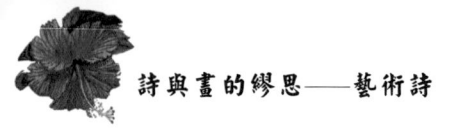

玉山畫逸想（致敬臺灣前輩畫家林玉山）

晨曦裡的粉紅　　迷濛甦醒
墨夜守候故鄉牛稠山的
蓮池
花苞似點點燭火燃起東方幽情
這秒追逐上秒的曙光　　揮筆及時寫生
在金色光線閃爍中
福爾摩沙國寶冉冉萌生
蓮瓣輕顫逸放　　容貌豐盈如唐
青綠蓮葉從容舒展
鷺鷥悠悠獨白　　漫步於清澈池水
心鏡明亮　　一縷清風恬淡的飄過

母牛舐犢　　親情深長自天性
辛勤農務耕作後　　回首呵撫小牛
同享充足雨水澆灑的鮮翠糧草
水牛　　喜嶄露頭角　　成台展三少年之一
膠彩黃牛敦厚　　水墨水牛樸實
繪出眼中胸中手中的牛
恍若韓滉畫牛
牛　　是臺灣良善風土裡真誠的朋友
故園追憶　　於嘉義山仔頂以俯瞰視點
寫實重現牛與人、香蕉樹、竹林、田舍的
哞哞對話
歸途　　牛背馱載修長甘蔗

彷彿牧笛悠揚
藍衣赤足的農婦　頭戴赭黃色斗笠
溫暖熬煮甘甜蔗糖的時代故事

桃城散人細細描繪　諸羅風情
鬱鬱蔥蔥的諸山羅列
蘭潭梯田一片片圓弧形區塊
似艷紫荊　年年綻放的瑰麗花朵
演繹鄉土各面向的活力生活
道路蜿蜒　流動鄉人與動物的情感
浸濡自然造化　採擷盎然生機
從風雅軒遙望玉山的藝術家
轉化為美的仰望與逸想

註：畫家林玉山（1907-2004），本名英貴、字玉山，號諸羅山人、桃城散人，出生在日治時期的臺灣嘉義美街（今嘉義市東區），以膠彩與水墨畫作著稱，早期與陳進、郭雪湖同被譽為「臺展三少年」；曾二度赴日深造，逐漸建立個人風格；其畫饒富臺灣意象，表現寶島風土人情的景象，畫作如：《蓮池》、《水牛》、《故園追憶》、《歸途》、《諸羅風情》等。

《臺灣現代詩》202312

詩與畫的繆思——藝術詩

圖：《蓮池》｜林玉山｜1930年｜膠彩‧絹本｜146.4×215.2cm
國立臺灣美術館

圖：《故園追憶》｜林玉山
1935年｜膠彩‧絹本｜172.9×159.6cm
國立臺灣美術館

圖：《歸途》｜林玉山
1944年｜彩墨‧紙｜125×168cm
臺北市立美術館

圖：《諸羅風情》｜林玉山
1993年｜彩墨‧紙｜62×69.5cm
嘉義市立美術館

036 玉山畫逸想（致敬臺灣前輩畫家林玉山）

幽幽鄉情──致敬臺灣早期畫家郭雪湖

青碧淡水河梳理鄰鄰波髮
翩翩倒影映現
一百多年前的大稻埕
少年雪湖拜謝蔡師賜名
彩繪神像　寫生市郊
開啟畫家的迢迢自學旅程
猶似河水滔滔奔赴大海

松壑飛泉　泉瀑錚錚如樂音
激盪福爾摩沙的新美術運動
臺展三少年的弱冠美名
即使歲月皺紋皺滿山岳的容顏
丘壑松風依然稱頌
西方單點透視拉攏了高遠深遠
山石樹林從傳統的氛圍走向立體
彷彿可登行畫中蜿蜒曲徑
聆聽鵲鳥迷藏葉與葉的鳴唱
深深呼吸　品味清澄逸氣

圓山附近　石綠與青黛交織
層層堆疊本土林木的韻致
赭石溫婉的印合岩石、泥土與橋樑
明亮的光在田野空間恣意流動
石青農婦　朱砂雞冠花

詩與畫的繆思——藝術詩

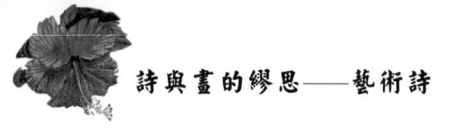

醒目地喚起幽幽鄉情
細密膠彩的深沉粒子迸發其穠麗

南街殷賑　大稻埕繁華再現
繽紛商店招牌熱鬧林立
藥材、布足、名產向熙攘的人群呼喚
中元祭旗幟圍繞霞海城隍廟飛舞
早期集市與風俗的榮景宛如戲劇上映
誇飾的整體風格　歌詠富足樂利
熟悉的風土人情定是魂牽夢繫的題材

瓶花系列　陶瓷瓶與花卉的低喃
茶花、牡丹、百合和繡球花
在重彩淡墨勾勒的武藝裡細緻爭艷
瓶身虛飾花紋　沉澱於質地長保不衰
瓶中真實花朵　彷若美人會凋零
如今默默綻放的豐盈姿態
　　　妍雅嫻靜的自然面貌
永存於雪湖求精不求多的美感藝術中

註：郭雪湖（金火）（1908-2012），出生於臺北大稻埕，臺灣前輩畫家。1920年代臺灣新美術運動崛起，以《松壑飛泉》入選第一屆臺展，獲「臺展三少年」的美名。為自學成功的畫家，以膠彩作畫，作品表現臺灣本土景致，風格豔麗細

密，自創「重彩淡墨勾勒法」，呈現繪畫的現代感；《圓山附近》、《南街殷賑》、《瓶花系列》等皆為代表作。

《臺灣現代詩》202402

圖：《松壑飛泉》｜郭雪湖
1927年｜水墨‧紙｜162×70cm

圖：《圓山附近》｜郭雪湖
1928年｜膠彩‧絹｜94.5×188cm

圖：《富貴滿堂》
郭雪湖｜1987年
膠彩‧紙｜51×44cm

圖：《繡球花》
郭雪湖｜1987年
膠彩‧紙

圖：《南街殷賑》｜郭雪湖
1930年｜膠彩‧絹｜188×94.5cm

幽幽鄉情──致敬臺灣早期畫家郭雪湖 039

詩與畫的繆思——藝術詩

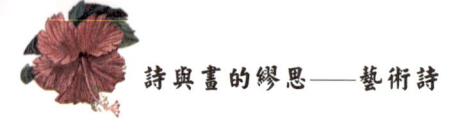

牧笛

天際飄盪清逸的音籟
彷彿是悠遠的牧笛聲
來自空無　消失於空無
亮橙的夕陽依戀遼闊的平原
羞紅田野地平線
靜靜密密　暈染鄉土的稻香

大自然傾吐氣息
彷若牧童閒情吹奏竹龠
任憑洞孔來自千迴百折的山林
大地流瀉的裊裊樂音繚繞成長風
返回無盡的天空

舒展雙腿坐在牛背上
徜徉於形跡消逝的曠野中
溫柔回首的水牛
牛角綿長的喝采
低沉的哞哞應和笛音
清脆的嘀嘀穿透暮靄
明亮了恆久的鄉情

圖：《牧童》│楊平猷
1968年│銅製浮雕│30×30cm
(引自《臺灣現代詩》)

《臺灣現代詩》封面詩　202403

蘋 果

夢中的維納斯蘋果
垂直拉長　理想的曲線和造型
在澄瑩月光下溫柔恬靜的佇立
水潤的青春潛藏無限可能的張力
陶土雕塑成形　素燒為果
一生經歷萬千磨難
衣著淡雅色彩　內蘊誠樸心懷
深情款款的凝視妳
似蘋果　或非蘋果
希望與喜悅在彼此存在的空間流動

彷彿果實呼吸的氣息輕輕拂過朱唇
徐徐的　綿延不絕
回到生命的最初　明淨純真
煩惱如鹿群奔離無影無蹤
瞬時珍果依著內軸在天地間旋轉
飛舞出多面性的立體感
凝聚了正向能量
融融散發慈悲芬芳

圖：《蘋果一號》│楊平猷
2014年│陶磚雕塑│66×40x25cm
(引自《臺灣現代詩》)

《臺灣現代詩》封面詩 202406

詩與畫的繆思──藝術詩

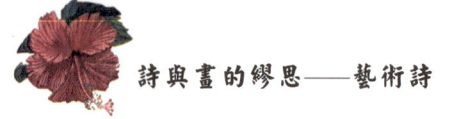

榮與枯

一榮一枯
浮生太無常　轉瞬間觀盡
真實的葳蕤是春的舞姿
虛空的孤枝是冬的傲骨
變異　彷如夢幻中交錯的旋律
若顯若隱　大自然豪飲一泓清泉
榮景盎然於綠意天地
枯象沉潛於深深老井

荒郊古原　茂密植物光色閃爍
蒼黃翻飛落盡　不輕嘆
一年歲一漲退　似潮
蕭蕭長風或暖或冷　迴旋古道
古道行旅　猶思一生
淡然品味榮盛與枯弱的雞尾酒
在酒杯的空間清醒
不隨二重奏喜悲
接納有無　接受生滅
婆娑舞影依然自得

圖：《盛開與衰敗》｜楊平猷
2015年｜18×24inch
（引自《臺灣現代詩》）

《臺灣現代詩》封面詩 202409

飄羽白鷺鷥

相互依偎　雌雄鷺鷥融入雪白
細細長長的喙和頸　翹首期盼
交織的素絹飄羽　蕩漾繁殖的訊息
背頸的蓬鬆簑羽預示季節的甜美
款款漫步淺水裡　若兩朵同心蓮
緩緩振翅飛行　歡遊水田、溪澗、潟池
攤開的天空是廣闊畫布
自在描繪一條一條悠悠絲線

心繫一窩藍綠橢圓蛋　雙親共同孵化
樹枝築建的巢蘊育雛兒　散發誕生的光
幼鳥披覆白色絨羽　完美複製純潔
呱呱　咕嚕咕嚕　呢喃互訴衷曲
受驚擾時鳴起警示叫聲
忠誠保衛小小的群居領域
輕盈奔跑如旗幟飄揚　對獵物緊追不捨
或佇立水中似長矛　靜寂不動伺機出擊
獲取鮮魚主食多麼美味
分享親愛的家人

《臺灣現代詩》封面詩 202412

圖：《白鷺鷥》｜楊平猷
1970年｜泥塑浮雕｜30×30cm
（引自《臺灣現代詩》）

詩與畫的繆思——藝術詩

紫花春逸

滿懷逸興的粉紫　盎然綻放
受春陽的照拂　秀麗明亮
彷若紫琉璃
映現浮世的和平幸福心願
在東風中　搖曳清新與柔情
猶如粼粼波光　愛戀縈繞

綴連的紫玉花兒
從無數夢境灑落芬芳
迴旋條條旖旎的潛意識小徑
通往真實的山谷
點點滴滴洩露似曾相識
涓涓細流的幽微
傾瀉成　狂紫瀑布

剪下天空的淡雅彩霞
裁製出飄逸的紫紗衣裙
輕輕穿上　透著迷人氣韻
幻化紫蝶飛舞
與乘坐舒雲鞦韆的春天
悠盪八方

圖：《四季戀謠—春逸》｜陳芳雅
2024年｜膠彩｜66×66cm
(引自《臺灣現代詩》)

《臺灣現代詩》封面詩　202503

穗花夏夢

生態湖畔　裊裊婷婷身姿
旺盛樹根立穩土壤
乳白粉紅的穗花閃爍人間星光
又似點燃串串花序煙火　照亮夜空
穿梭飄拂的光影　尋覓夏日美夢

原生玉蕊珍品　沁涼至心的深處
水潤消弭炎熱的暑氣
馥郁氣息順沿步道漫行
千絲萬縷吐露情思
顆顆花苞與果子悠長懸掛　搖曳風中
視覺饗宴自黃昏始　子夜全然綻放
靜默無聲的演繹天籟
一朵花兒只有盡性展現一次
清晨灑落大地　縈迴曾經存在的浪漫
師造化的見證

猶如棋盤桌腳的成熟果實
四稜形纖維質　閒適浮游水中
海漂植物的隨遇而安
依憑浪潮傳播未來的窈窕倩影
仰望藍湛湛的穹窿
一場神機妙算正在天空變幻

《臺灣現代詩》封面詩 202506

圖：《四季戀謠—夏夢》
陳芳雅｜2024年｜膠彩｜66×66cm
（引自《臺灣現代詩》）

詩與畫的繆思——藝術詩

蟬翼凡間

一雙透明的蟬翼
在森林水澤間　兀自飛翔
曾是青綠堆疊的山海中　一束光線
曾是水墨暈染的雲層裡　一縷空氣
擎天巨木與穹蒼嵐煙邂逅
它　是河上航至葉尖的　一艘小船

餓來吃點樹液和露水
睏來睡成歇息的陶笛
片片蟬翼無念　游於浩瀚草原
一吸一呼源本性
知呀知呀自率性　聲音亮徹天際
心絃清澄　奉上奏鳴曲
山谷虛白回應　淨了淨了

惠風吹拂　薄翅適意的飄盪
胸懷逸氣迴旋於菩提林
一枯一榮彷若羽化重生
棲止於斑斕錦葉
葉面綿密如思維痕跡
一眼閃爍間　自在明澈
滿心歡喜

圖：《雲霧縹緲浪徘迴》｜蕭巨昇｜2018年
水墨・礦物顏料・植物膠・紙本｜94×160cm

《從容文學》202404

纖雨與大氣

纖雨　以曹衣出水的絲線條
稠密描繪蟬鳴的大自然
貼附山林的肌理　淋濕心跳的起伏

大氣　以吳帶當風的蓴菜描
遒勁書寫鳶飛的闊天衣
月光在空隙中鄰鄰蕩漾　追憶浪潮

《掌門詩學刊》202309

圖：莫高窟第431窟的白衣佛畫像，具有「曹衣出水」特徵，南北朝北齊畫家曹仲達的「曹家樣」。

圖：《送子天王圖》局部，吳道子，唐，筆墨畫·紙本；宋人摹本，現藏日本大阪市立美術館。具有「吳帶當風」特徵。

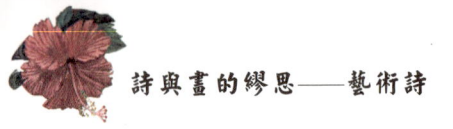

七夕‧鵲華秋色

隔一條河
鵲山華山遙遙相望
古老的情愛
搭起相思相繫的橋樑
讓我們相遇在趙孟頫的無邊秋色

《掌門詩學刊》202401

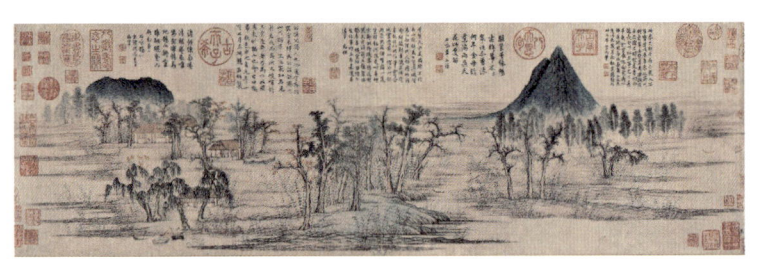

圖：《鵲華秋色圖》｜趙孟頫｜1295年｜設色畫‧卷‧紙本｜28.4×90.2cm
臺北故宮博物院

相遇

有一種莫名的悸動
更深的感動
七寶池八功德水間的舞會正在舉行
蓮花上的伎樂天
薄軟繡花窄袖上衣　緊緊貼身
纖纖細腰　依隨鼓聲顫動
疾速迴旋的飛舞
彷彿穿梭天空的金色閃電
西北少數民族的柘枝舞
躍上三危山和鳴沙山間的石窟壁畫
舞出阿彌陀淨土變圖的　健舞

最近的距離
可能是最遙遠的距離
存在難以跨越的界線
經變相的樂舞圖
舞者柔和的揮動長絲帶
長絲帶在空氣中掉落　失去音訊
軟舞　姿態悠然舒緩
恍若訴說千古幽思
渺渺茫茫
另種不同的韻味

詩與畫的繆思——藝術詩

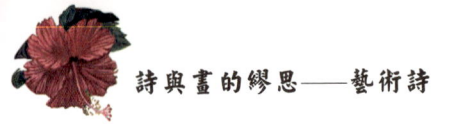

你　　　　我
卻從最遙遠的兩端
天之涯　　海之角
慢慢　慢慢　趨近
一來自沙漠裡的西域
一來自海洋中的小島
終於
幸運的　及時的
在此時空
　　　　相遇
相遇於敦煌莫高窟的盛唐

輕盈飄逸與豪邁奔放的融合
雙人舞身影和諧
猶似兩鷥鳥翱翔天際
帶來春的郁郁氣息
神貌相契　目光流轉
即使揮汗如雨　濕透羅衫
不悔旋舞如風
天旋地轉　自在揮灑
穹蒼下至情至愛

《葡萄園詩刊》202011

註：敦煌莫高窟，盛唐壁畫第217窟北壁阿彌陀淨土變圖，有兩名伎樂天手執長帶，快速迴旋的舞著，此舞稱為柘枝舞，是西北少數民族的舞蹈；據《樂府雜錄》記載，柘枝舞與胡旋舞等屬於健舞，動作豪邁剛強，節奏明朗。

盛唐第201窟，在北壁經變相的樂舞圖，一舞者舒緩的舞動長帶，屬軟舞，舞姿悠然柔軟，節奏緩和。

圖：敦煌莫高窟第217窟，北壁
柘枝舞圖，健舞圖｜盛唐｜壁畫

圖：敦煌莫高窟第217窟，北壁
柘枝舞圖，健舞圖｜盛唐｜壁畫

圖：敦煌莫高窟第201窟，北壁
軟舞圖｜盛唐｜壁畫

詩與畫的繆思——藝術詩

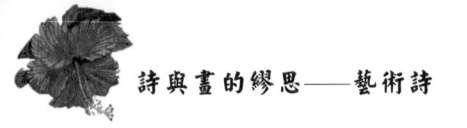

維納斯的誕生

烏拉諾斯的鮮血滴落愛琴海
泛起一片海洋泡沫
泡沫漩渦中女神誕生
猶若一顆晶瑩珍珠　凝聚美與愛
柔雅佇立於扇般敞開的貝殼上
似蓮花托起維納斯
與梵音吉祥天遙遙相望

遼闊的碧綠海親吻蔚藍天
飄落的粉紅和潔白玫瑰花　如蝶圍繞飛舞
山林女神蓄滿一腔鮮淨空氣
與風神　颯颯颯呼出和煦春風
緩緩推送貝殼　駛向米洛斯島岸邊
纖纖玉手、金黃長髮　是遮蔽裸體的簾幕
生命的開始　伴隨羞怯

跳躍分娩與嬰兒的過程　天生完美無瑕
時序女神芙洛拉
用星光絲縷織成朱色錦服
迎接　昇華的靈魂
維納斯恬淡的臉　沉思生命
自我完成的美　近乎理想的愛

圖：《維納斯的誕生》｜波提切利｜1485年｜蛋彩・畫布｜172.5×275.5cm
義大利佛羅倫斯烏菲茲美術館

註：波提切利（Sandro Botticelli，1445-1510）擅長取材自希臘羅馬神話或文學作品，屬於文藝復興早期畫家，被稱為佛羅倫斯畫派的最後一位大師。

《掌門詩學刊》202301

詩與畫的繆思──藝術詩

神秘達文西

魂牽夢縈的蒙娜麗莎
在羅浮宮一波又一波洶湧人潮的彼岸
溯流600多年
在一縷又一縷迷濛煙霧的暈塗法中
暖色域從暗到明
不知不覺和緩過渡了
二十四歲女子的衣服陰影　頭髮　臉頸
大氣透視下瀰漫寧靜的氛圍
隱約可見遠方的岩石皴法　森林　水紋
襯托著模糊輪廓線的優雅風韻

他推崇女性是自然的動態角色
　　　　　是世界的內在力量
　　　　　　是生物的平等分子
他精密的素描　捕捉細緻的表情
她從中心點放射出來　似古希臘羅馬的女神
或繞著一個內軸旋轉　似莊重的聖母
或就是肖像畫　佛羅倫斯的貴婦
絮絮叨唸十六世紀的風俗習性　真實人生

她朝向自身的右邊
四分之三正面角度
完美的從父權社會的側面轉身
彷若一朵幽靜中默默綻開的花

微笑了六世紀
依然是難解的女性之謎
是散發母性光輝的笑容嗎
有如一隻彩蝶天空飛過
浮現記憶深藏的母親容貌
喚起長期沈睡於畫家心底的愛
莫非是自戀的多元智慧達文西
自畫的一抹詭異笑顏
好比回眸的側面天使
禁欲的生活
把原欲的衝動
完全昇華到藝術的再生

與觀者無聲交談的眼神
釋放柔性的魅力
女性優越的靈魂和情感
悠長河流般溢於畫面
目光停佇在蒙娜麗莎
捨不得離開
心靈神奇的逐漸敞開
聽著
重新體認人性價值
以個人知性發現更多未知　的
故事

詩與畫的繆思——藝術詩

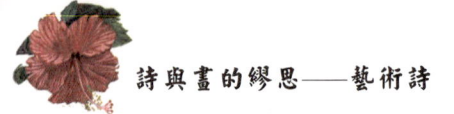

註：達文西（Leonardo da Vinci，1452-1519），出生於義大利佛羅倫斯附近的文西鎮，他的畫量少質精，包含《蒙娜麗莎》、《岩石上的聖母》、《聖告圖》等作品，他使藝術與科學合而為一，也讓他成為文藝復興時期的偉大畫家。

《葡萄園詩刊》202211

圖：《蒙娜麗莎》｜達文西
1503-06年｜油彩・畫板｜77×53cm
法國巴黎羅浮宮博物館

圖：《聖母的微笑》(立體派)｜楊佳蓉
2002年｜油彩・畫布｜65×53cm (15F)

獨角獸與女子

妳　抱著獨角獸
在淅淅颯颯的雨裡
裸體的走來
尖銳的獨角　奇異的魔力
在山林間自由徜徉
　　　相遇
妳拿起潔白的浴巾
輕輕拭去點點雨珠

耽迷女子的體香
留戀聞著貞潔的味道
可能受誘惑　落入陷阱
可能被貪婪捕獲　被殘忍宰割
順從解百毒、治百病、永保安康的傳說

耽美　也要在妳穿上層層衣飾前
擄得真切的吻　一個一個收藏
悄悄發酵　成濕潤的彩虹
猶如彎彎的獨角

獨角獸的轉運
在雲的懷抱裡　在月的臂彎裡
在拉斐爾的密碼裡
獨自享有綿綿密密的溫柔　與幽香

詩與畫的繆思——藝術詩

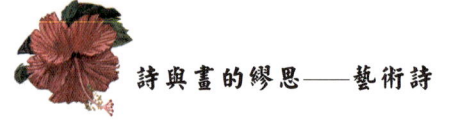

在妳的芬芳裡
獨角獸的純潔　不再被無情的扼殺
依偎裡的溫度　逐漸化作一縷縷的粉紫
或飛與藍天嬉戲　或飛與孤影旋舞
飄散

飄散　一樹又一樹　一山又一山
蔓延成愛的纏綿
等待又一個
妳　抱著獨角獸
在淅淅颯颯的雨裡
裸體的走來

註：拉斐爾（Raphael，1483-1520）出生於義大利烏爾比諾，文藝復興時期畫家，他綜合達文西的優雅細膩、米開朗基羅的雄偉壯麗，粹煉出個人風格—「完美的和諧」，被稱為「聖母畫家」或「女性美畫家」，加上人體群像畫，皆構成其藝術成就。

圖：《抱獨角獸的女郎》｜拉斐爾
1505-06年｜油彩・木板｜65×51cm
義大利羅馬波給塞畫廊

巴洛克

巴洛克　巴洛克
不規則形狀的珍珠
羞怯的躲在陰暗的角落
陽光穿透繁複厚重的雲層
戲劇性的照射舞台上的珍珠
珍珠扭捏誇張的身體
動態的迸發繽紛色彩
沿著斜線滑滾　滾向弧線
不完美的原生
滾動出權威力量　富足華麗
它只想釋放情感　強烈至極

註：十七世紀的巴洛克是當時歐洲藝術思潮的總稱，在大國間的競爭和新舊教的爭權下，在新教的國家發展商業與科學，而在舊教的領域，為顯示教會的權威力量和宮廷的富足華麗，因而產生了巴洛克美術。

《葡萄園詩刊》202211

圖：《夜警圖》｜林布蘭｜1642年｜油彩
363×437cm｜荷蘭阿姆斯特丹國立博物館

詩與畫的繆思──藝術詩

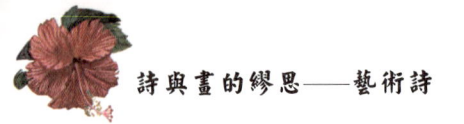

委拉斯蓋茲之塞維爾

少年拿玻璃瓶的手　與
老婦拿勺子的手
交會於巴洛克的街道
十九歲的寫實手
將塞維爾的雞蛋
在鍋中烹得滋滋作響
在卡拉瓦喬的幽暗世界
點燃明亮的光

強光照射下的陶罐
暖暖的褐色調　包裹清涼的水
少年把水杯遞給賣水人
人與物似一條條垂直線的水瀑
宣洩風俗畫的
莊嚴現實　神聖自然

註：委拉斯蓋茲（Velasquez，1599-1660），十七世紀巴洛克時期西班牙的偉大畫家，曾擔任宮廷畫家。在作品中表現寫實畫風，強調明暗對比、亮麗豐富的色彩，而畫中光線創造出視覺效果。

《葡萄園詩刊》202302

圖：《老婦烹蛋》｜委拉斯蓋茲｜1618年｜油彩 99×128cm｜愛丁堡蘇格蘭國家美術館

圖：《塞維爾的運水者》｜委拉斯蓋茲｜1620年 油彩｜106×82cm｜倫敦威靈頓博物館

詩與畫的繆思——藝術詩

委拉斯蓋茲之宮廷

馬德里的小王子
飛馳於日光遍灑的公園
躍起的馬匹
肚子是肥大的鼓
透視鼓手由下往上擊打

小公主馬格麗特
脫離遊戲的童年
安靜的蓬蓬裙
隱藏層層翻騰的巴洛克
宮廷畫家
捕捉在孤冷面具下的西班牙人
那顆熾熱的
沉游於深深海底的　心

圖：《卡勒斯王子騎馬像》
委拉斯蓋茲｜1635年｜油彩
209×173cm
馬德里普拉多美術館

圖：《八歲的小公主馬格麗特肖像》
委拉斯蓋茲｜1659年｜油彩
127×107cm
維也納藝術史博物館

《葡萄園詩刊》202302

委拉斯蓋茲之侍女

圍繞小公主
貴族夫人　宗教貴族　侏儒　侍官　畫家
在直射光下玩著形而上的123木頭人
遠方門框下夢想侍官一回顧
抓住所有匯集的透視線
鏡子反射關愛
析出王后和菲力浦四世的身影
超越時空的榮幸
站在愛的同一邊
凝視著靜止的永恆
溘然間走進畫裡
與宮廷大狗撫觸真實的存在
向宮廷畫家求教繪畫的神學

圖：《侍女》｜委拉斯蓋茲｜1656年｜油彩 318×276cm｜馬德里普拉多美術館

《葡萄園詩刊》202305

詩與畫的繆思——藝術詩

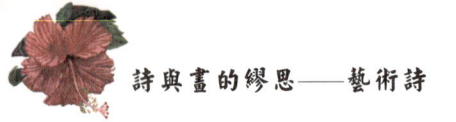

委拉斯蓋茲之神話

伐爾肯的熔爐
超高熔點的火光
映照健壯的男體
流轉淺褐　深栗　焦土　鎘黃　橙紅的色彩
一個暖色調的秘密醞釀爆裂
阿波羅的神諭正在鎔鑄
走向伐爾肯　揭開
維納斯和馬爾斯兩串狂熱的火苗相互追逐
鐵匠和四個徒弟
驚訝的溫度直線上升
隻隻眼睛烤成圓胖的馬鈴薯蛋餅

維納斯恬淡的梳粧
小天使的鏡子
映照柔美的女顏
側躺的裸背悠唱弧形的旋律
愛與美的的神話不停止的流傳

圖：《伐爾肯的熔爐》｜委拉斯蓋茲 1630年｜油彩｜223×290cm 馬德里普拉多美術館

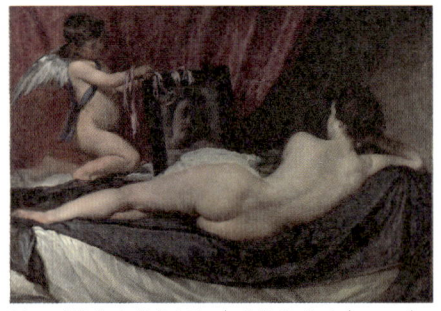

《葡萄園詩刊》202305

圖：《維納斯的梳粧》｜委拉斯蓋茲｜1650年 油彩｜122.5×175cm｜倫敦國家美術館

洛可可

洛可可　洛可可
弗拉哥納爾的秋千
在十八世紀的天空盪得好高好高
亮白的雲飄浮在淺藍的穹蒼
黃綠的小小葉片細數日子的糖晶
粉紅的衣裙搖曳成優美弧線
東風輕快吹送愛情
一只眨眼的鞋飛向頑皮的小愛神
多情男子啊
可否抓得著現實面的快樂
倘使伊人收到情書與鮮花
欣喜的心擁抱小狗
情慾與忠貞將華麗的翩翩起舞

發舟西苔島
華鐸細緻的領航風流韻事
成雙情侶依依不捨的告別西苔島
情意若漫布大量銀灰光線的水面
雖不冷峻　卻也撲朔迷離
奔放、易親近的風俗畫
柔軟的述說貴族享樂的日常生活
畢竟是宮廷畫家
最擅長演繹不食人間煙火的
鸞鳳和鳴

詩與畫的繆思——藝術詩

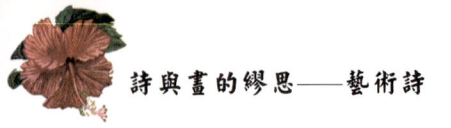

　　眼神流轉似琴聲　　透露甜美的愛

　　龐巴杜爾夫人
　　路易十五的情人活脫於布雪畫筆
　　路易十四的嚴肅風格逐漸消失
　　親切實用的室內裝飾空間
　　小弧形、小曲線被渲染輕量色彩
　　彷彿片片羽毛
　　隨興的飄落到歡快的繪畫
　　猶若夢中的牧羊女
　　徜徉於花朵繽紛的春天
　　在優雅女子如蝶振翅的效應下
　　洛可可粲然的回眸一笑

　　註：洛可可（Rococo）藝術在十八世紀初於法國產生，並逐漸
　　　　盛行，形成既隨意而又精緻的整體，屬於實利主義；洛可可
　　　　流傳區域並不廣，到十八世紀中葉就漸漸衰微。弗拉哥納
　　　　爾、華鐸、布雪等皆是洛可可時期的代表畫家。

《從容文學》202404

圖：《鶯鳳和鳴》｜華鐸｜1715-18年
油彩・畫布｜50.8×59.7cm
英國倫敦國家畫廊

圖：《秋千》｜弗拉哥納爾
1767年｜油彩‧畫布
81×64.2cm｜英國倫敦華萊士收藏館

圖：《發舟西苔島》｜華鐸
1717年｜油彩‧畫布
129×194cm｜法國巴黎羅浮宮

圖：《龐巴杜爾夫人》｜布雪
1759年｜油彩‧畫布
91×68cm
英國倫敦華萊士收藏館

圖：《夢中的牧羊女》｜布雪
1763年｜油彩‧畫布
60×47cm
奧地利薩爾斯堡雷斯坦畫廊

圖：《情書》(立體派)｜楊佳蓉
2002年｜油彩‧畫布
72.5×60.5cm (20F)

洛可可 067

大衛・新古典

愛神維納斯與三美神
最完美的魅力組合
解除戰神瑪律斯的武裝
戴上花冠　環繞花環
交出寶劍　卸下盾牌和頭盔
千頭萬緒的鞋帶　丘比特趨前解開
佳釀和酒杯　妙舞奉上
殘酷的戰爭結束　大 X 型的紓解
男神徜徉於科林斯柱式的殿堂
植物葉叢典雅的繚繞柱頭
橫豎又橫豎的線條
襯托裸體女神婀娜多姿的曲線
愛情愉悅的享受美酒的滋潤
歡欣祈求恆久的和平
人物和建築搖曳於夢幻的雲朵上端
古典、神話與理性　奇妙的結合

荷拉斯兄弟之誓
三兄弟出征前　向父親激昂的宣誓
婦女們　卻沉浸在憂傷中
古希臘多利克柱式和拱門
樸實的柱頭承接拱形的反覆美感
猶若一波一波的浪濤
興湧人間數不盡的悲歡離合

圖：《被維納斯解除武裝的戰神瑪律斯》｜大衛｜1824年　油彩・畫布｜308×262cm　法國巴黎羅浮宮

也勻稱的劃分為三
竟是陽剛與陰柔的對比
三分之一屬情感
女性的滴滴淚水悄然流入海洋
為了全體的榮耀　犧牲自身利益
古羅馬城與阿爾巴城作戰
各派三名勇士決鬥　故事緊鑼密鼓展開
彷彿天空狂雷大響　預示暴風雨來臨
三兄弟的姊妹恰是敵方的未婚妻
無論結局如何
都是一場莊重的悲劇

註：大衛（Jacques Louis David，1748-1825），是十八、十九世紀法國新古典主義的領袖，贊同古希臘、古羅馬藝術是最完美的形式表現，他的畫大都為激發高尚的愛國心，宣揚道德的風範，《被維納斯解除武裝的戰神瑪律斯》、《荷拉斯兄弟之誓》等皆是大衛的代表作。

《葡萄園詩刊》202408

圖：《荷拉斯兄弟之誓》｜大衛
1784年｜油彩·畫布｜330×425cm
法國巴黎羅浮宮

詩與畫的繆思——藝術詩

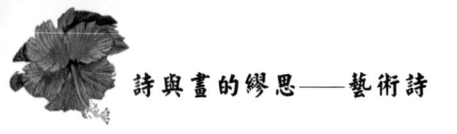

德拉克洛瓦‧浪漫主義

浪漫主義的獅子
草原上呼嘯而過　橫掃獵物
一氣呵成　繪畫
推崇氣勢宏大如帕特農神殿的古典
卻讓熊熊色彩迸發自由的熱力
鎔鑄成現代風格
莫非自靈魂深處那與生俱來的情感
呼喚　呼喚
讓想像力的魔術師
從情感的黑袍中
揣摩取出形式與生命的鴿子
彩色三角型
紅、黃、藍隨性的憩於三角頂端
似冰淇淋恣意融化
發出色環圖的先聲
獅子神奇地執起指揮棒
色彩融融演奏浪漫的樂章

自由女神引導人民
灑脫的揮舞紅、白、藍三色旗
猶若正義神話的長裙鼓動於風中
勞工、小資產階級、知識分子
爭取自主和權利從腳下的土地邁步
譬喻與現實結合的奔放

讓動態感十足的光色隆隆前進
畫家的夢想同神采
飛入戴高帽、執長槍青年的步伐
持短槍少年在三十年後
走入雨果的悲慘世界
紙鈔、郵票重現激情的真實感
觀者彷彿身歷其境
放眼遠方是不變的浪漫

註：德拉克洛瓦（Eugene Delacroix，1798-1863）是十九世紀法國浪漫主義的主帥，也是現代繪畫的先驅；提高個人感受和情感的因素，以大膽的創作與鮮麗的色彩描繪激情的內外在世界。《自由女神引導人民》（1830年）是其鼎盛時期的代表作，表達對現實社會的關注。

《掌門詩學刊》202405

圖：《自由女神引導人民》｜德拉克洛瓦
1830年｜油彩・畫布｜260×325cm
法國巴黎羅浮宮

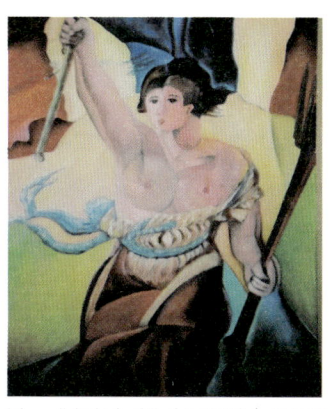

圖：《自由女神》(立體派)｜楊佳蓉
2002年｜油彩・畫布
72.5×60.5cm (20F)

詩與畫的繆思——藝術詩

虛幻的真實——田園詩般柯洛畫

1.
簡明的乳白色塊
從淺藍清澈的天空掉落
在春天柔和光芒裁剪下
一塊一塊深淺有致
凝聚成立體感的
發禾內斯花園的建築物

近景左右門神似的兩棵大樹
　　一排游魚般的花花草草
遠景淡如輕嵐的山色
相攜環繞沉穩壯觀的古遺跡
第一次旅居羅馬的怦然心動
廣闊有層次的景觀　甦醒於
嘶刷拉開幕簾
提高色調的明度　閃閃亮亮
沉甸甸的歷史往事
快速退於崇高優雅的古典主義後面

圖：《羅馬·發禾內斯花園景色》
柯洛｜1826年｜油彩·畫布
24.5×40.1cm｜美國私人菲利浦收藏

2.
將神殿古蹟虛化於遠處
奔向大自然小情人的懷抱
中間高大樹木形成凝結的群體
象徵第二次赴義大利的相見傾心
左邊寬闊的河流
哺育城市源源流長
猶如水淺處的三頭乳牛
靜止在天荒地老的時光裡
右邊青綠的大草原上
五個彈唱跳舞的渺渺靈魂
在動態中品味生活的悠閒

圖：《義大利風景》│柯洛│1835年│油彩‧畫布│30.32×106.68cm
美國加州洛杉磯市保羅蓋提博物館

3.
走入楓丹白露森林
得到真樸橡樹的付託
擷取瞬間即恆久的光色
在晴空白雲下團團簇集
盎然蓊鬱的綠葉
走向自然　對景寫生
帶著寫實主義的基調
追求楊柳於河岸
纖柔柳條風中飛舞
籠煙柳絮漫天飄忽
融入更多詩人的依依情感

宅在畫室的褐色日子裡
更嚴謹的建構理想風景畫
牧童與牛群沐浴在黃昏的餘暉中
歸返巴比松村的恬靜生活
黎明前的星夜
悄悄幽夢畫家的抒情自然風

圖：《楓丹白露森林》｜柯洛
1846年｜油彩・畫布｜90.2×128.8cm
美國麻州波士頓美術館

4.
三個法蘭西牧羊女怡然自得跳著
希臘三美神的舞姿
整座森林也相隨婆娑起舞
片片樹葉化作橄欖綠的羽毛
沾濡以油稀釋的顏料　黑加白
似在黑夜的汁液撒進清晨的白光
淡泊輕巧的飛翔
飛翔成銀灰色調的詩性自然
在透明光線籠罩下
流洩迷濛寧靜的氛圍
彷若一首既虛幻又真實的田園詩

圖：《舞蹈的三個牧羊人》｜柯洛
1865-70年｜油彩‧畫布
65.4×50.47cm｜私人收藏

5.
以回憶的方式繪畫
孟特芳丹的回憶
留著船夫身影
依順時序的自然　與變動的人兒
產生一次又一次的　邂逅和情愛
清潭周遭一片濕潤朦朧
潭水無波如鏡
右邊茂密的大樹　顫動滲透光
若淚光閃爍　心繫
左邊一棵瘦弱的小樹
淡化的遠方和水中的倒影
似夢幻的前塵往事
樹蔭下的女子或船舟上的漁夫
停泊在迷霧記憶中
情景交融的和諧畫面
柔柔呈現柯洛追尋自然的心靈

圖：《孟特芳丹船夫》｜柯洛
1865-70年｜油彩·畫布｜60.9×89.8cm
美國紐約市私人弗立克收藏館

註：柯洛（Jean Baptiste Camille Corot，1796-1875），法國巴比松畫派（Barbizon school）的代表畫家，一生崇尚大自然、描繪大自然，被譽為19世紀最傑出的抒情風景畫家，留下豐富的畫作；並對印象主義畫家產生極大影響。

《從容文學》202301

尤麗蒂希的試探

奧斐斯，奧斐斯，
思念之情如星河，
為何你不轉身，看看我眼底的閃爍，
柔情密意對我燦然一笑，
猶如往日融化我為橙色的蜜？
迢迢返回人間路，
一路的沉默似墨夜漫無邊際，
貓眼的恐懼，已綠暈橫白，
難道你反悔了？
難道你不再為我彈奏愛的樂曲？

尤麗蒂希，尤麗蒂希，我的愛，
如何才能破除你的不安和猜忌？
直線的亦步亦趨是單調的鐘聲，
怎麼破，繞一座山？
還是，乘一片浪？
長長久久的幸福在不遠的前方，
鳶尾葳蕤於春雨，
桂香皎潔如月光，
迎接我們歡欣並浴，
相信我，握緊我的手。

倘若我要放開我的手，
你也不回頭看我嗎？

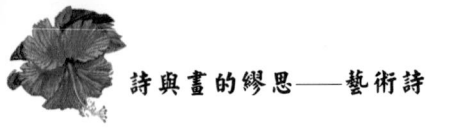

求你不要為難我，
做這樣的試探。

尤麗蒂希掙脫了奧斐斯的手，
答答往後奔跑，
奧斐斯竭盡全力呼喊：尤麗蒂希……
兩人同時回頭，
就在四目交接的剎那，
中間的距離無限延長，
沉溺海洋的藍漸靛紫，
浸淫異次元空間的灰轉濃黑，
將奧斐斯推回光明的人間，
讓尤麗蒂希永遠消逝在
黑暗的國度。

從此　奧斐斯的豎琴變成喑啞，
他在等待
等待不再分離的詠嘆調。

圖：《奧斐斯帶領尤麗蒂希離開地獄》
柯洛｜1861年｜油彩‧畫布
137.7×111.8cm｜美國德州休士頓美術館

庫爾貝之寫實

畫室的內景
流動寓言的河
往左　塑造人民的典型
往右　遇見巴黎的朋友
波特萊爾　閱讀　沉思畫家風格
模特兒　　裸身　化作藝術女神
牧童　　　寧靜　不畫天使的天使
觀看一個主動的創作者
總結七年生涯
描繪不隱瞞的真理

描繪採石工人
一老一少辛勤勞動
一點一滴的汗水
濡濕現實的溫度
強壯的身體掙脫貧困的束縛
尊嚴的內心翻騰改善的力量
沒有感傷的淚
不需同情的眼
忠於日常所見　寫實
捨棄賞心悅目　刻畫
髒亂的石堆
破舊的衣服
創造普通人鮮活的藝術美

詩與畫的繆思──藝術詩

註：庫爾貝（Courbet Gustave，1819-1877）是寫實主義的代表性畫家，他堅持「繪畫的旨趣必須與畫家的日常生活所見相關。」他一生畫了上千幅作品，反映現實生活。

《葡萄園詩刊》202205

圖：《畫室》｜庫爾貝｜1855年｜油彩・畫布｜361×598cm
法國巴黎奧塞美術館

圖：《採石工人》｜庫爾貝
1849年｜油彩・畫布｜450×541cm｜損毀

庫爾貝之鄉村女子

鄉村三姐妹
走出風景畫　閒步小山谷
施捨　貧窮的小牧牛女
沙龍評論卻不仁慈
　　醜陋的村姑服裝
　　卑俗的鄉野氣息
　　可笑的小狗和牛
忽視構圖組織　透視比例
還有什麼存在
存在觀者一眼瞬間
輕輕走入畫中
呼吸山林綠意芬多精
撫觸鄉間生活真實感

圖：《鄉村姑娘》｜庫爾貝
1852年｜油彩・畫布｜194.9×261cm
美國紐約市大都會藝術博物館

篩穀的女子
隱藏在三人穀倉
明亮的黃赭色裡
朱衣背對觀者
甩動篩子的姿態
甩出勞動的美感
女子結實的軀體律動著
對生命的期待
篩下金沙　流漏的年輕時光
留住粒粒晶瑩的活力穀子

圖：《篩穀的婦女》｜庫爾貝
1854-5年｜油彩・畫布｜131×167cm
法國南特美術館

《葡萄園詩刊》202205

詩與畫的繆思——藝術詩

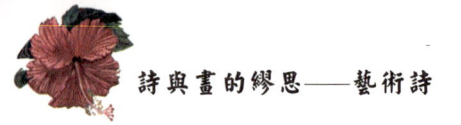

庫爾貝之花架

花架子前
年輕女孩的青春年華
點燃恣意開放的絳紅
天空和田野延伸遼闊的視野
夢想的蒲公英在飛揚
厚實的油彩　有力的調色刀
直率的生長當令花卉
百合、玫瑰、劍蘭、翠菊或罌粟花
季節過後
短暫生命只活在風格裡
何不珍惜生活中瞬間的幸福

圖：《花架子》│庫爾貝
1862年│油彩‧畫布│Toledo藝術館

庫爾貝之波浪

氣勢磅礡的巨浪
浪濤猶如樹木、岩石和蛋糕
思索波浪的體積、形狀和質量
追求一種絕對的存在
似純金般堅實具體
對大海理想化
不僅是　滂滂千軍萬馬奔騰
不僅是　兮兮柔情蜜意傾訴
執起畫刀
切下翻滾又翻滾的波浪
有的蒸　有的煎　有的烤
產生凝結、皸裂和乾焦
形色變化一波又一波
焠煉成一種造型語言
絕對的力量

圖：《波浪》｜庫爾貝｜1870年｜油彩·畫布
72.5×92.5cm｜東京西部藝術國家博物館

庫爾貝之家鄉

遙望風景的立足點在家鄉的邊緣
奧南巡禮
視線往前一路伸展
橋梁一向是世代的辨識物
河流從幾英哩遠的地方
唱著孩提的歌謠順流而下
延著河堤
一座指點迷途的教堂尖塔
在群聚的房屋簇擁下聳立
淚水模糊了近景
光的變化
刻畫空間縱深感
引向遠方山崖上
奧南城堡

《葡萄園詩刊》202208

圖：《奧南巡禮》｜庫爾貝｜1850年｜油彩・畫布
73×92.1cm｜美國紐約市大都會藝術博物館

黑蝴蝶

一隻黑蝴蝶
是馬奈的黑彩
混和　從深不見底的油壺
倒出的柔情
以永夜的夜幕
低垂　低垂　更低垂
堆疊成一襲隆重的晚禮服
罩入莫莉索的靈魂
在永晝的光亮中
輕盈　輕盈　更輕盈
親吻紫羅蘭的唇瓣

註：十九世紀馬奈（法文：Édouard Manet，1832-1883）是位表達巴黎時代生活內涵的畫家，他是印象派先驅，使用較輕亮的色彩，但他保留使用黑色，這是不同於印象派之處。當時女畫家莫莉索成為馬奈的模特兒，兩人情感十分密切，馬奈以她畫了好幾幅畫，包括《手持紫羅蘭花束的莫莉索》。

《華文現代詩》201911

詩與畫的繆思——藝術詩

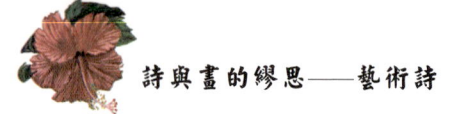

圖:《莊生曉夢迷蝴蝶》│楊佳蓉
2017年│油彩・畫布│17.5×14cm

圖:《手持紫羅蘭花束的莫莉索》
馬奈│1872年│油彩・畫布│
55×38cm│私人收藏

圖:《迎賓》(立體派)│楊佳蓉
2002年│油彩・畫布│72.5×60.5cm (20F)

大地之鄉野

金秋的色彩瀰漫鄉野
帶著濃郁的百里香氣息
日落大地
橙黃餘暉
似肉桂粉遍灑牧場
牧人　牛群　樹木
拖曳出長長的藍調陰影

撥弄昏夜與晨晝的琴弦
撫觸四季的鍵音
在不同方位的光線下悠唱
畢莎羅的厄哈格尼
飛舞著　雲雀的色彩
拓印著
說不出滋味的香草陰影

圖：《厄哈格尼牧場的日落》｜畢莎羅
1890年｜油彩・畫布｜37.7×45.2cm
私人收藏

註：法國畢莎羅（Camille Pissarro，1830-1903），是印象派的中心人物和最年長者；畢莎羅樸實率直，對自然界有著深厚的情感，加上法國傳統的鄉村文化，創作出大地繪畫。

《葡萄園詩刊》202308

詩與畫的繆思──藝術詩

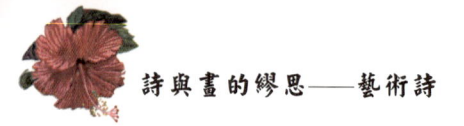

大地之果實

蘋果樹與核桃樹的家
以大自然為名
每棵植物都沐浴在明亮的陽光中
每個果子皆滴滴分泌色彩的乳汁
枝幹悠長的伸展手臂
將白雲貓咪攬進懷裡
霽光愜意的溫暖人心

厄哈格尼藝術家　畢莎羅
在小房屋內外孵化心靈的創作
彷若農人在田野裡勞動的身影
謙卑的彎下腰
聞著泥土的芳香
花兒如繁星閃爍
繆思如結實纍纍
一切將會有豐碩的成果

《葡萄園詩刊》202311

圖:《在厄哈格尼藝術家的花園》｜畢莎羅
1898年｜油彩・畫布｜73.4×92.1cm
美國華盛頓區國家畫廊

圖:《閒聊》(立體派)｜楊佳蓉
2002年｜油彩・畫布｜72.5×60.5cm (20F)

大地之果實(畢莎羅) 089

詩與畫的繆思——藝術詩

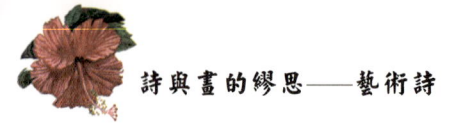

畢莎羅・幸福

一座被雨水洗去輪廓的山丘
一片汪洋的藍天
一朵蓮步的雲
習以為常的單純
惠風吹拂的熟悉
化為理想的世界
大自然的性格在崇高的風格裡
生長郁郁芊芊的枝椏

一面粉灰的牆
牆內繁花繽紛
密密點描　堆疊了層次
一筆一筆　堆疊了細節　與氛圍
花叢中的母親
將孩子抱在懷裡　細膩呵護
亙古的溫馨光影
相映畢莎羅和諧的幸福
潛藏在表象底下的深度
激起八方如群鳥囀囀的共鳴

圖：《在花叢中的朱莉和魯道夫》
畢莎羅｜1879年｜油彩・畫布
38×46cm｜私人收藏

《從容文學》202307

畢莎羅・瓶花

一束鮮花的家
以室內的漆黑花瓶為殼
等待舀起歲月　灌漑成不朽的綻放
背後淡雅的描繪
注定成為畫中畫無聲的嘆息
牆面上蠢蠢欲動的細密筆觸
烘托雪白萌發的花朵
受光的鮮紅湛藍粉紅佳卉
欲言又止於世紀末的深沉陰影
還有什麼比桌子右邊的白皮書
簽有畢莎羅和創作年份
更富有故事中的故事
細緻優雅的生活美感
在恬靜中流洩生命的色彩
繪畫使人快樂
其他無關緊要

圖：《一束鮮花》｜畢莎羅
1898年｜油彩・畫布｜54×65.4cm
美國加州舊金山現代美術館

詩與畫的繆思——藝術詩

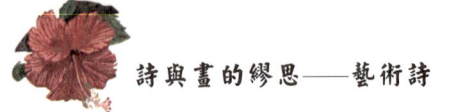

畢莎羅・俯瞰

從蝸居公寓或旅館房間的窗口
描繪城市的甦醒與沉睡
超過300幅作品的吐納
以俯瞰的視點
勾勒巴黎街景的唇語
熙熙攘攘的魚群
鼓動腮絲在大街小巷游動
不停止的窗邊作畫
把自己浸淫於水族箱裡創作
贏得全世界送來的讚譽氧氣
晚年最大口的暢快呼吸

《葡萄園詩刊》202402

圖：《冬天早晨的蒙馬特大道》｜畢莎羅｜1897年｜油彩・畫布｜64.8×81.3cm
美國紐約大都會美術館

「莫內・印象」之日出

在勒哈弗爾港口的早晨
筆觸急促的
這一秒追逐上一秒
色彩模糊的
堅決抹出每一秒的瞬間變化
輪廓清淡的
紀錄日出的印象
光影朦朧的
以橙黃靛紫的海水
映現天空和倒影
浸濡淡藍的水霧中
一輪紅日冉冉上升

註：莫內（Claude–Oscar Monet，1840-1926），出生於法國巴黎，一生熱情投入印象派的探索與創作，留下500件素描與2000多幅油畫的創作，被世人尊稱為「印象派之父」、「色彩的發現者」。

《葡萄園詩刊》202105

圖:《印象・日出》｜莫內｜1873年
油彩・畫布｜48×63cm｜法國巴黎馬摩坦博物館

詩與畫的繆思——藝術詩

「莫內‧印象」之船舟

一艘船
成為船舟畫室
擺渡一分一秒的日子
搖盪一點一滴的油彩
就在水的心中
反映淚光更貼近
航向星光的閃爍
依傍水流浮動
視覺的色與光
也懂了身體的感覺
應和波浪舞蹈
跳著水上的拉斐爾

《葡萄園詩刊》202108

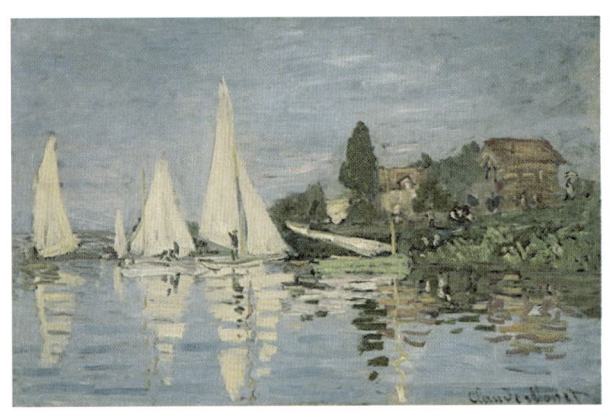

圖:《亞爾嘉杜的帆影》｜莫內｜1872年｜油彩‧畫布｜48×75cm
法國巴黎奧塞美術館

「莫內‧印象」之花園

我最完美的傑作　就是我的花園
花園生生不息
花園中有畫　畫中有花園
水光如畫　花色如詩
塞納河慢慢流　流經吉維尼
灌溉屬於自己的莫內花園
喚醒睡蓮　調製綠色和諧的飲品
拱型日本橋
如虹的吸管　吸取東方的幽情
光色幻影似雙喜藤自然的纏繞著我
池水以石青恬靜
睡蓮淡定的開放
蓮葉從容的舒展
在神秘與簡潔的蓮池裡　入微忘我
睡蓮　莫內一生追求光與色的完美總結

圖：《睡蓮‧綠色的和諧》｜莫內
1899年｜油彩｜89×93cm
法國巴黎奧塞美術館

《葡萄園詩刊》202105

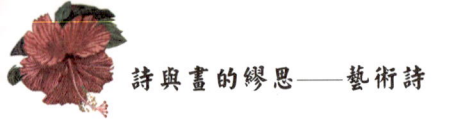

「莫內・印象」之自然

唯有他　終其一生堅持
以視覺的感知為優先
試著忘卻眼前的名字
不論它是一棵樹　一間屋　一畦田
只要想像這兒是小圓形的翠綠
　　　　　這兒是長方形的粉紅
　　　　　這兒是長條紋的赭黃
依照所認為的去塗繪
盛開的蘋果樹
你可以遠一點　再遠一點
夏天的罌粟花田裡
獨立形體在風中煙消於無形
許久紛然落下　已成集合的色彩
如斑塊或旋渦　秩序或紊亂

通過鳶尾花的小徑上
且讓視覺自動混色
藍色勿忘我和紅色鬱金香
在愛的殘像下
飄散紫色的馨香印象
在光線和空氣交互流動的空間
莫內的心眼比雙眼更不可思議

圖：《夏天的罌粟花田》｜莫內
1875年｜油彩｜60×81cm｜私人收藏

《葡萄園詩刊》202108

「莫內・印象」之生活

在窗口的卡米爾
耽溺眼前綠意盆栽
一朵一朵回憶的花兒
盛開　似夜空繁星點點
藝術家花園內的莫內夫人和孩子
跌進茂密的粉紅花樹背景裡
在天地的自然光中
描繪擁有幸福生活的色彩
如同浮世繪偏向通俗化
卻咀嚼出優雅細緻的品味

天竺花叢中的女人
出自快速的筆觸　彷彿
兩身影正在修剪浮光掠影
即使最暗沉的陰影
也由不同層次的對比色　沉澱
生活的幽思

圖：《在窗口的卡米爾》｜莫內｜1873年
油彩｜60.3×49.8cm
美國維吉尼亞州藝術博物館

《葡萄園詩刊》202111

詩與畫的繆思——藝術詩

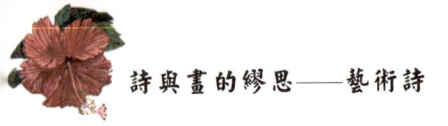

「莫內・印象」之視覺摹寫

晨昏的乾草堆
頻頻更換群青、鎘黃和洋紅的舞衣
踩著一地不安份的細碎影子
四季的盧昂教堂
鄭鄭刷新灰藍、黃褐或玫瑰紅的哥德式石壁
跳動一牆神聖的斑斕色彩
陰晴的泰晤士河
濛濛翻轉霧青、燦金與粉紫的水天
蕩漾一河迷離的瀲灩波光
一樣的乾草堆
一樣的盧昂教堂
一樣的泰晤士河
在飛馳的時光中幻變
不相同的光線空氣
不停止的視覺摹寫
追逐最貼切的美色
只為心底的深深愛戀

《葡萄園詩刊》202111

圖：《夏末清晨的乾草堆》｜莫內｜1890年
油彩・畫布｜60×100cm｜法國巴黎奧塞美術館

雷諾瓦

如果需在思想與花朵兩者間選擇
選擇花朵吧
一花朵　一女子
在陽光和空氣的照拂下
令人心馳神往
開啟享樂式描繪
描繪視覺瞬間印象

彈鋼琴的少女
遺落的音符飄盪在斑駁的時光裡
原野中的浴女
水光樹影烘托渾厚裸體
飽滿色彩流瀉魅惑情慾
春的花束
以羽毛般溫和筆觸　綻出
鮮白淡黃淺紫　提高人間的明亮度
放棄躲藏悲傷的黑色陰影

煎餅磨坊的石榴水
滋潤蒙馬特露天派對擁舞的藍色身影
歡愉的氣氛似河流蜿蜒　延續到
船上的午宴
餵養食與色的橙色渴求
傘外回眸　水汪汪

詩與畫的繆思──藝術詩

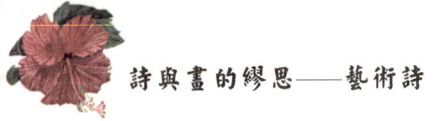

猶如琺瑯質般柔軟細緻
終究喜愛玫瑰甚於其他花卉
紅燦燦粉嫩嫩的歌詠生命
在雷諾瓦的美感花園裡
開出一朵一朵　溫馨喜悅

註：雷諾瓦（Pierre Auguste Renoir，1841-1919）是一位崇尚自然的畫家，他是印象派（Impressionism）的代表性畫家，也有自覺式的古典風格與個人獨特風格，其一生留下女性畫、生活群像畫、花卉與風景畫等豐富作品。

《葡萄園詩刊》202011

圖：《傘》｜雷諾瓦｜1881-86年
油彩‧畫布｜180.3×114.9cm
英國倫敦國家畫廊

圖：《彈鋼琴的少女》(立體派)
楊佳蓉｜2001年｜油彩‧畫布
65×53cm (15F)

圖：《煎餅磨坊》│雷諾瓦│1876年│油彩‧畫布
131×173cm│法國巴黎奧塞美術館

圖：《船上的午宴》│雷諾瓦│1881年│油彩‧畫布
129.5×172.5cm│美國華盛頓菲利浦美術館

圖：《瓶中玫瑰》│雷諾瓦│1910-17年│油彩‧畫布
25.5×34 cm│美國俄亥俄州克利夫蘭美術館

雷諾瓦 101

詩與畫的繆思——藝術詩

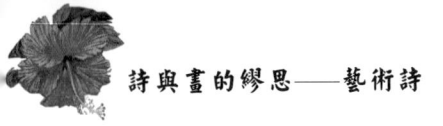

純真・莫莉索

雪紗搖籃淺淺蕩漾嬰兒的微笑
緇衣母親輕輕哼唱新生的美夢
最初始捕捉的瞬間印象
撫慰世人不平穩的心

純真的必要是自然
摘取櫻桃
採集光與色的香甜
海葵玫瑰似窗邊年輕女孩
極度安靜的注視遠方
以明亮的色澤演繹無形的距離

無論是灰白或胭脂紅的色調
皆以捻花瓣的自在筆觸
舒展私領域的陰柔
繪畫猶如日常呼吸
吸納情愛芬芳　吐露女性特質的
莫莉索

註：莫莉索（Morisot Berthe，1841-1895）是第一位加入印象派的女畫家，她的繪畫特別重視色彩的光學體驗，被認為是19世紀後半葉最主要的女畫家之一；她的藝術人生可說突破傳統上對女性的思維，其繪畫更邁向現代畫風。

《葡萄園詩刊》202102

圖：《搖籃》｜莫莉索
1872年｜油彩・畫布｜56×46cm
法國巴黎奧塞美術館

圖：《櫻桃》｜莫莉索
1891年｜油彩・畫布｜154×80cm
法國巴黎馬摩坦博物館

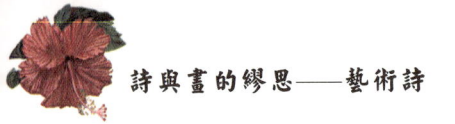

母子情・卡莎特

窗台紫丁香　陽光映照下芬芳滿室
母子親情的平日縮影　溫馨逸散

縫紉的年輕母親
綠野窗景前的恬靜
俯視的眼睛專注手中一針一線
密密縫入青春與母性
小女孩親暱的依偎在懷裡
平視的眼睛清亮望向夢想前方
毫無隱瞞的純潔天使
黃橙瓶花在水藍氛圍裡散發
小太陽的溫暖

公園中　戴寬帽的小女孩
面對閒步的你我
眼神逕自投入母親　無形的牽繫
母親背對人們　側臉曲線透現光輝
繽紛花兒跳躍圍繞寬大的帽沿
宛若慈母的照顧和陪伴
脆弱的幼苗受到澆灌呵護
天地間母女享受愉悅的親子時光
凝視畫中母親　心念自己的母親
彷彿回到質樸的童年

母親和孩子　在淡淡的藍紫光影裡
沐浴後的孩兒
裸身　親密的貼近母親
擁摟感受彼此的溫度
輕輕在耳畔低語　甜甜在愛中成長
母親是溫柔厚實的存在
猶似聖母抱聖子的構圖　容貌高雅
她繫著一朵巨碩向日葵
豪邁演繹母愛的光芒與偉大
一面大鏡子　一面小鏡子
拓展視點　看到不同的母與子面向
喜愛小孩的天性　卡莎特自然流露

註：卡莎特（Mary Stevenson Cassatt，1844-1926），美國畫家，大都居住在法國，為印象派的代表畫家；以女性為主題，常擷取母子親情互動與女性家居日常為題材，表現當時巴黎社會婦女於私領域的生活情景；欣賞卡莎特的溫馨藝術，隨之品味一個年代。

《葡萄園詩刊》202505

詩與畫的繆思——藝術詩

圖:《縫紉的年輕母親》│卡莎特
1900年│油彩・畫布│92.6×73.7cm
紐約大都會美術館

圖:《公園中》│卡莎特
1904年│油彩・畫布│66×81.3cm
密西根州底特律藝術機構

圖:《母親和孩子》│卡莎特
1905年│油彩・畫布│92.1×73.7cm
華盛頓區國家畫廊

圖:《凝視》(立體派)│楊佳蓉
2002年│油彩・畫布
72.5×60.5cm (20F)

恬靜女子・卡莎特

秋天
恣意筆觸猶若金風吹拂
灑落白藏的色彩
黃朽　橙紅　黃褐　黃綠……
商音中的女子
神情飄盪回憶與寂寥
春天　瑪高特站在花園裡
小女孩寬帽上粉紅花朵
望向遠方的綺麗
神采清純甜蜜
水靈靈的大眼睛
流轉未來的綠意美夢

信　蝕刻日本浮世繪風情
傳遞巴黎現代女子的日常生活
壁紙上的花瓣
片片是思念的心語
自畫像　粉彩揉入印象派的精髓
雪白連身衣服　變幻光影
烘托出高雅自主的女性畫家

一杯茶　女子悠閒啜飲光陰的滋味
一盆植物　燦白花卉綻放空間
演示意趣盎然的人生

詩與畫的繆思——藝術詩

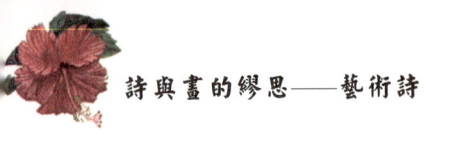

在圓椅上閱讀的方斯瓦絲
品嘗居家樣態
推開的窗戶　牽引綠林碧溪
或許微風探訪室內
淺紫薄衣輕輕的拂動

特別座　包廂畫
兩女子盛裝打扮觀賞歌劇
　一位手持開展的花葉摺扇　羞赧
　一位手捧愛慕者所贈玫瑰　愁緒
極高明度的色彩裡走出　華美

縫衣少女　透露尊嚴認真
柔和光線將小徑染成緩緩水流
在眾多嫣紅花兒簇擁中
樸素的服裝上
映現多層次的優雅光采
專心縫紉　寧謐自在
針針線線默然訴說她的故事

《葡萄園詩刊》202508

圖：《秋天》｜卡莎特
1880年｜油彩・畫布｜92.5×65.5cm
巴黎小皇宮美術館

圖：《春天：瑪高特站在花園裡》｜卡莎特
1900年｜油彩・畫布｜67.9×57.8cm
紐約大都會美術館

圖：《信》｜卡莎特
1878年｜蝕刻畫｜60×41.1cm
加拿大渥太華國家畫廊

圖：《一杯茶》｜卡莎特
1879年｜油彩・畫布｜92.4×65.4cm
紐約大都會美術館

恬靜女子・卡莎特 109

詩與畫的繆思——藝術詩

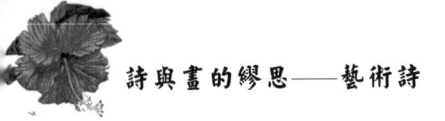

聖維克多山

在塞尚的彩筆下
來來回回走了千萬遍的山
又堆又疊
塑成你我周圍的一座山
崎嶇小徑是今晨踩過的思路
婉轉鳥鳴是過午忘食的提醒
詭異雲層催促風雨前的腳步

挾著外光印象的殘念
回返聖維克多山的呼喚
山的重量和體積激發心的喟嘆
球體圓柱體圓錐體　建構
巍巍山嶺的體魄
顫斜筆觸順著
山呼吸起伏
以鳥瞰姿態與水藍精靈低語
傳遞透視的密碼

愛在大自然
暴烈性子只有山能懂
左拉　可懂
童稚的　逸樂的　折磨的
歲月盤根錯節
文學的翅膀揮起

紛至沓來的山洪
決裂的先聲

從事藝術你會餓死
父親的話猶言在耳
聖維克多山埋葬了
塞尚的晨昏
晨昏的聖維克多山
在彩筆下成了不朽
不朽的塞尚

註：塞尚（Paul Cezanne，1839-1906）被尊稱為「現代美術之父」，著重形象的重量感、體積感、穩定感和宏偉感，他將物體的型態加以分解，再重新構成，形成「有秩序的繪畫」；並用鳥瞰式透視法，企圖回歸二次元的繪畫空間。

《華文現代詩》201711

詩與畫的繆思──藝術詩

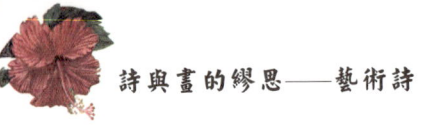

圖：《聖維克多山》｜塞尚｜1904-1906年
油彩・畫布｜73×91cm｜費城美術博物館

圖：《女人與咖啡壺》(立體派)
楊佳蓉｜2001年｜油彩・畫布
65×53cm (15F)

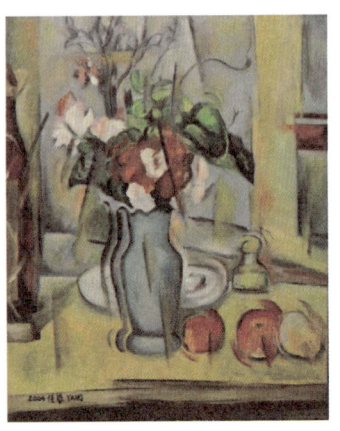

圖：《瓶花與靜物》(立體派)
楊佳蓉｜2004年｜油彩・畫布
65×53cm (15F)

麵包與沙拉

酒香金棗麵包的能量和生津
維持一個軀殼的生存
我用叉子拾起每一顆豆子
數著豆
數著寫的字
數到一百萬字
撐起一個靈魂的存在

優格淋在生菜黃瓜蘋果和香蕉
白色的乳汁裡沉浮著
紅橙黃綠藍紫的小山丘
芝麻醬抹在餅乾上
黑色的濃墨裡有
我的齒痕

星空下的咖啡館
只剩梵谷的咖啡
寫實下的小酒店
只剩左拉的苦艾酒
至少　我還有金棗麵包和優格沙拉
於是
梵谷成了梵谷
左拉成了左拉

《秋水詩刊》201710

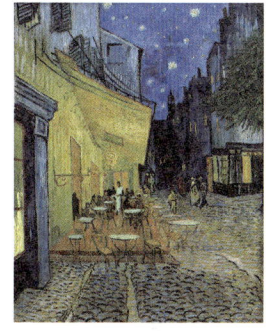

圖：《夜晚露天咖啡館》｜梵谷
1888年｜油彩‧畫布｜81×65.5cm
荷蘭國立渥特羅庫勒穆勒美術館

圖：《風景與女子》(立體派)
楊佳蓉｜2000年｜油彩‧畫布
65×53cm (15F)

詩與畫的繆思——藝術詩

如花蜜般濃郁——溫情波那爾

在狹窄的小樓上
眺望遼闊的鄉野
塗繪湛青遠山　橙紅房屋　黃棕土地
簡樸　居住地的感覺
與其說是藝術本身
不如說是藝術家的生活更吸引我
猶似海星的日常
緩慢的　緩慢的
只在白色畫布間走來　走去
等待靈感湧現
就在這個畫布抹上幾筆顏色
　　那個畫布拉上幾筆線條
放置幾週幾月　又何妨

記事本上用素描寫日記
日記晴朗多雲雨天和花朵戀人貓咪
翻閱日記搜尋回憶
翻閱回憶復活畫面　即使
花朵凋零
戀人枯萎
貓咪躲藏
他們會有更多的存在
抓住最初的直接的誘惑力
平凡影像在記憶中浮現
永恆的親密溫情

神話瑪爾泰
永不分離的裸女
欠身洗浴　潔癖至極的一洗再洗
跨入浴缸　跨出浴缸　在浴缸中浮沉
地中海艷陽穿越百葉窗
輕躡瓷磚
拖曳一道光線
浴室籠罩珍珠色澤
畫裡始終年輕曼妙的玉體
散發潤澤的紅紫柔光
釋放強烈的佔有欲
欲將嬌寵自己的他與世隔絕
浴後裸女攬鏡顧影
鏡子反映透明色存在
閃爍情欲真實光點

畫室窗外怒放金合歡花
潑灑一大叢絢爛黃寶石
又彷若色彩和光線傾瀉的垂天瀑布
左下角　瑪爾泰憂傷的臉
依舊徘徊於畫布上
打開著的窗戶
窗框內熬燉南瓜溫熱的黃橙色調
窗框外延展清亮的藍天綠樹
右下方　瑪爾泰悠閒的臉

詩與畫的繆思──藝術詩

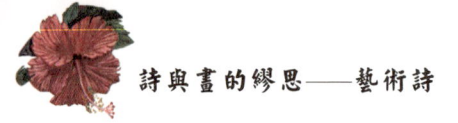

倚在家居躺椅上
逗弄身旁的小貓咪

恣意放肆的杏樹
消逝前迸發億萬光芒
隨心所欲的用寬闊筆觸揮寫
一簇簇雪白杏花
粗黑枝幹默默襯托燦麗花朵
桌子和花園溫柔對話
一條視線
從餐桌上靜物果實
盪向遙遠的浮雲海洋
在逆光中變化斑斕色韻
跳躍橙黃翠綠
流動寧靜自在
傾盡最富抒情的顏色
如花蜜般濃郁
釀造現代色彩魔術師波那爾的夢幻

圖：《杏樹開花》｜波納爾
1947年｜油彩・畫布｜55×37.5cm
巴黎國立現代藝術館

註：法國波納爾（Pierre Bonnard，1867-1947），被譽為20世紀最偉大的色彩畫家之一，是位依照自己的內心意念和繪畫語言而自由創作的感性畫家。

《從容文學》202207

圖:《勒卡內的風景》｜波納爾｜1928年｜油彩・畫布｜123×275cm
巴黎阿德里安麥格夫婦收藏

圖:《窗外種著金合歡花的畫室》
波納爾｜1939-46年｜油彩・畫布
125×125cm｜巴黎國立現代藝術館

圖:《桌子和花園》｜波納爾
1934-35年｜油彩・畫布｜127×135.5cm
紐約所羅門古金漢博物館

圖:《圓桌繞情》(立體派)｜楊佳蓉
2000年｜油彩・畫布｜65×53cm (15F)

如花審般濃郁──溫情波那爾 117

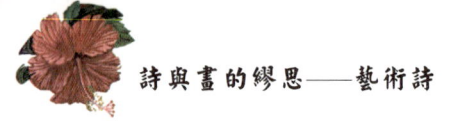

女人的三個階段

純潔女嬰
花樣美人
垂暮老婦
一生的時間長不長
以一幅畫的空間道盡

粉嫩的肌膚似一縷白
靈巧的飛到眼前
嬰兒的背脊有手心的溫熱
輕輕的撫拍
柔柔的呵護
願恆常　度過如夢人生
安然若素
在驚心與齋心的流轉裡
憶起一個擁抱　一個親吻

沉醉於青春的身體曲線
敞開的乳房
猶似大圓圈包覆小圓圈
大大小小圓圈　滾動
滾動熾烈欲望
挑逗華麗的愛與性
曾有一位兼葭男子
俯身捧起如真似夢的容顏

圖：《女人的三個階段》｜克林姆
1905年｜油彩・畫布｜180×180cm
羅馬國家現代藝術館

深情長吻
衣袍上長方形色塊　堆疊
堆疊神秘傷感
海藻交織成波浪線條
銀杏串連成珍珠項鍊
迴旋傳述金色的甜蜜
頃刻間寰宇虛無空幻

衰老追憶曾經的繁花
繁花不識歲月
轉瞬間已成剪輯拼貼的凋零
黃蝴蝶翕動的雙翼
是克林姆灑落的金箔
歇息在飄著腐朽味的殘骸上
吮吸春泥的味道
一口一口
計量生命的深度

圖：《吻》｜克林姆
1907-08年｜油彩・畫布｜180×180cm
奧地利維也納國家美術館

註：克林姆（Klimt Gustav，1862-1918），20世紀初屬於新藝術運動的「維也納分離派」成員，克林姆作品富情欲與想像，繪畫有絢爛的金色色彩和豐富的裝飾性圖案，帶著美麗的哀愁，史稱「裝飾象徵主義」。

《葡萄園詩刊》202202

向日葵

茂盛森林鑲嵌得密不通風
斑斕色彩滿溢
綺麗花朵　猶如
樣式化的都邑女子
永恆化的生機
跳躍馥郁的誘惑

漂流的水草　環繞
裸露的蜷縮身體
或全裸
或半遮半掩
如今平靜的
凝結成唯獨的一朵花

向日葵　高高掛在頂端
片片葉子綴編成
杜詩裡的金縷衣
向日的臉龐笑吟吟
舞步曼妙輕盈
周圍翠玉天地
也隨著克林姆旋轉

《葡萄園詩刊》202202

圖：《向日葵》｜克林姆｜1906-07年
油彩・畫布｜110×110cm｜個人收藏

圖：《莎樂美》(立體派)｜楊佳蓉
2001年｜油彩・畫布｜65×53cm (15F)

狂放馬諦斯

一缸地中海　幽靜青綠
金魚漂成一朵紅薔薇
女子雕塑　疑是神祕王朝的深宮佳麗
在臥鋪裡夢見前世的海洋

有茄子的室內景
彷若繁花怒放的平面花園
東方地毯的花卉圖飾
依附牆壁蔓延
如壁虎慢慢爬上天花板
鏡子追蹤透明的爬蟲類
卻已悄悄攀越窗戶
匍匐迎向日光

在伊斯蘭的裝飾模樣裡
粗獷線條　自動性描繪
單純化的女子形象
波斯宮女的大紅燈籠褲
高高擎起格桑花
淡寫植物的生殖器官
默默歌詠自然
心念花朵與女人合併
卻是畫家潛意識裡性優越的獨白

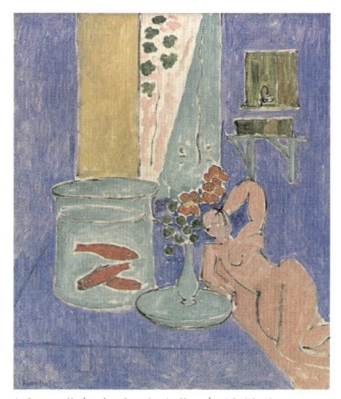

圖：《金魚和雕塑》｜馬諦斯
1911年｜油彩｜116×110cm
紐約現代藝術博物館

詩與畫的繆思──藝術詩

巨大的紅色室內景
叛逆遙遠的冷藍
強烈的平塗艷紅
像一頭奪框而出的野獸
狂熱氣息直撲項頸
桌上幾只瓶花潦潦速寫
透露畫布點點螢白
似乎產生飄渺的光亮感
飢渴的呼吸許許的氧氣

女模特兒
也是畫家摘取的花朵
存在的目的　吐露芬芳
誘發漫無邊際的幻想
創作者主宰施肥的行為
空間瀰漫靜謐的情慾氣氛
紅藍綠三種顏色的養分
茄紅素、花青素、兒茶素
餵養心中的某種需求
色彩創造光線
透過對比配置的試驗
產生　煩惱沮喪的免疫力
珍貴的心靈疫苗

圖：《巨大的紅色室內景》｜馬諦斯
1948年｜油彩｜126×89cm
巴黎龐畢度藝術中心

註：馬諦斯（Matisse Henri，1869-1954），野獸派（Fauvism）的精神領袖，1905年在巴黎的沙龍聯展興起野獸派，馬諦斯在繪畫中帶進主觀的感受，以鮮明強烈的色彩為特色，在線條和形象上亦具有自由風格。

《笠詩刊》202208

圖：《有茄子的室內景》｜馬諦斯
1911-12年｜混合材料｜210×245cm
格勒諾布爾繪畫和雕塑博物館

圖：《女子與靜物》（立體派）
楊佳蓉｜2001年｜油彩‧畫布
72.5×60.5cm（20F）

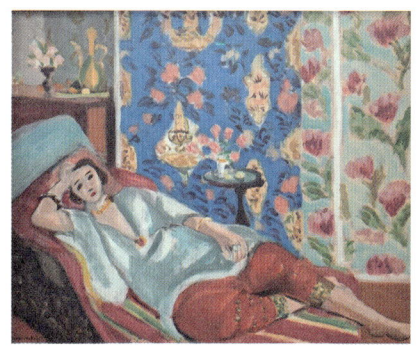

圖：《波斯宮女》｜馬諦斯｜1926年｜油彩
50×61cm｜巴黎橘園美術館

狂放馬諦斯 123

畢卡索・立體派

飛舞的日光從四面八方沁入
蒙馬特的洗濯船畫室
幾個概念化的亞維儂姑娘怎是婀娜多姿
自古典與寫實的年代翻轉到1907
情慾的窺看　從單一視點累加到複數視點
多面式描繪　時間移動腳步猶若地球公轉
恆星般的繆斯女神啊
色彩和陰影不再是必要的裝飾

幾何的菱形和三角形
拼砌成二次元平面的裸體
將妳一分一毫的解構　再構成　多麼理性
塞尚的信徒　壓扁球體不再彈跳
公開的秘密　立體派消蝕立體
象徵的、文學的、史學的愛情　已叛離
逃逸於方圓之外

非洲原始造型的面具掛在右兩臉龐上
簡化的符號抹平了個別的酒窩
形為先、色為次的女神
笑意或淚水都乾涸於塞納河的微風中
藍灰色調冷冷的滴灑寒冬的雨
褐棕色調暖暖的潛藏伊莎波女王的心

從初期登向分析的山徑
彷彿丟一顆小石子到灰綠的湖心
泛起陣陣漣漪　無邊無際的綻放
徹底的還原為細小的面
伏拉德的畫像
額頭　眼皮　下頷　由不同的方向回轉
空間　由無數的立足點回轉
是否神秘的異次元也能轉回　平行並置
重現不可思議的　畢卡索

行至綜合的瞭望台
縱使經歷的崇山澗水無比壯美
如何行下一步路
仍需歸返現實生活的事物
報紙　火柴盒　照片　風景壁紙
好似烹飪的素材　置入拼貼的料理中
真實的片面不再是任何模擬品
有籐椅的靜物　複印品導入畫面
拉近平凡的每一日
延展不平凡的立體派思維

註：畢卡索（Pablo Picasso，1881-1973），立體派領導者，在1907年所畫的《亞維儂姑娘》為立體派第一幅畫，又稱為多

面式繪畫，三個分期：初期立體派、分析立體派、綜合立體派；繪畫史上真正在二十世紀創造革新的畫派。

《掌門詩學刊》202405

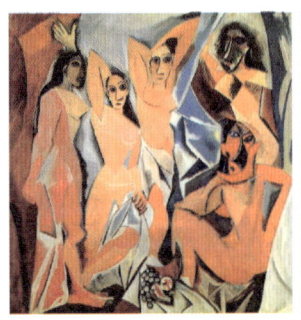

圖：《亞維儂姑娘》
畢卡索｜1907年
油彩・畫布｜244×233cm
美國紐約現代美術館

圖：《伊莎波女王》
畢卡索｜1909年
油彩・畫布｜92×73cm
莫斯科普希金美術館

圖：《伏拉德的畫像》
畢卡索｜1910年
油彩・畫布｜92×65cm
莫斯科普希金美術館

圖：《有籐椅的靜物》
畢卡索｜1912年｜
拼貼・油彩・畫布｜29×37cm
巴黎畢卡索美術館

圖：《絢麗大運河風光》(立體派)
楊佳蓉｜2006年
油彩・畫布｜65×53cm (15F)

夢的方向感之夢想

我的方向感
朦朦朧朧,來自
白日與夜光相銜的夢,
夢想的花園密密燃起
一樹楓紅。

與音符和線條攜手表現,
抒情的空間有詩幻的色彩,
在幾何抽象中覓采
童年的單純初心。

寺廟園林的台階,
有遺落的木魚聲;
東方遊樂園的紫色煙花
綻放處處,
道不盡的渾渾然;
玫瑰園的旋轉花朵,
紅色眼珠似乎看穿籬網,
與我對望,
交換迷霧的傷感;
奇怪庭院,
隱藏似有若無的貓臉獸臉,
潛在的欲望正在浮現;
在轉折處,掉進

詩與畫的繆思——藝術詩

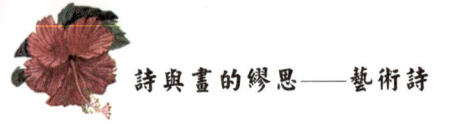

南方突尼西亞人的花園，
稚氣含著方塊糖果，
溶化於無形。

畢竟有秋天的預兆，
橙紅的樹冠站立在群青的涼意中。
在現實裡，即使有如
魯茲侖近郊公園的
粗線記號
明朗指引前方的道路，
也仍會迷路；
唯獨有夢想，
不會迷路。
在克利的魔法花園裡，
蕩漾於金色秋風中，結出
藍的、黃的、紅的、綠的、橙的、粉紅的……
一個個夢想的果實。

註：克利（Klee Paul，1879-1940），德裔瑞士籍畫家，風格主要是表現主義，受佛洛依德學說影響，作品表達幻想、童稚、夢境和潛意識的世界，以一種抽象式的繪畫手法表現，畫作呈現詩、音樂和夢的形象和色彩，具有抒情的意味。

《葡萄園詩刊》201811

圖：《寺廟園林》｜克利｜
1920年｜水粉・墨水・紙｜18.4×26.7cm
美國紐約大都會美術館

圖：《玫瑰園》｜克利｜
1920年｜油彩・畫板｜49×42.5cm
德國林巴赫之家市政美術館

圖：《南方突尼西亞人的花園》｜克利｜
1919年｜水彩・紙｜24.1×18.8cm
美國紐約大都會美術館

圖：《魯茲侖近郊的公園》｜克利｜
1938年｜油彩・黃麻布・報紙｜100×70cm
伯恩克利財團

夢的方向感之夢想(克利) 129

詩與畫的繆思——藝術詩

康定斯基・抽象繪畫

踩著一級一級規律的靜態階梯
登上動態旋轉的天空
覓採蔓越莓和藍莓口味的雲嵐
反覆的圓圈圈沾上糖粉
在起伏的曲面氣流間　律動
大大小小星球釋放溫暖或寒冷的色澤
蘭葉、柳葉、竹葉於風中飄盪
隨著音樂的節奏　或密集或疏離
主調曲線在造形與色彩中奏鳴

以構成為名
形與色即興表演
英勇無畏的青騎士
靈活描繪直線　彷彿揮舞長矛和配劍
半圓形、同心圓、三角形、四邊形
猶如盔甲上的幾何法寶
魔力聯覺　誘使聽見色彩的呼喚
琴鍵流洩色彩　和聲在眼裡低唱
在馬匹蕭蕭的韻律裡
包浩斯的驛動產生點線面
不需有對象描述或具體意義
騎士的強大心神　迸發
青亮表現的抽象

註：康定斯基（Wassily Kandinsky，1866-1944），出生於俄羅斯，是抽象藝術（Abstract Art）的先驅，《主調曲線》、《構成》為其作品，以聯覺(知覺混合，能聽見色彩)能力來創作。抽象繪畫在觀念和技巧上通常直接用形和色構成畫面，於二十世紀早期有兩種形態，包括幾何和表現的抽象，後者即以康定斯基為代表之一，其藝術團體為青騎士（1911年成立）。

《掌門詩學刊》202407

圖：《主調曲線》｜康丁斯基｜1936年
油彩・畫布｜129.4×194.2cm｜美國紐約古金漢博物館

圖：《構成》｜康定斯基｜1923年
油彩・畫布｜140×201cm｜美國紐約古金漢博物館

詩與畫的繆思——藝術詩

愛相憐

你午夜未眠
我沉睡天邊
是怎樣的情緣
讓我們的愛如蓮
相憐
相黏

我香香安心的睡
乘著甜甜圈美夢
翻轉
到你的夢裡
飛入夏卡爾的超自然空間
柔情花朵的心理語彙
屬於第四次元的傳說

你輕輕牽起我的手
飛翔　如雙蝶
在星月夜空中
浸濡　如雙魚
在沁涼晨雨裡

圖：《丁香花束中的戀人》│夏卡爾
1930年│油彩・畫布│128×87cm

圖：《散步》│夏卡爾│1917年
油彩・畫布│170×164cm

註：夏卡爾（Marc Chagall，1887-1985），來自西俄羅斯，於巴黎創作出新的形象和空間，是第一位被稱為「超自然」的畫家，也被稱為超現實主義的先驅；題材大部分是故鄉的景物與心愛的情人，並以「愛」為屢次描繪的主題。

《藝術與生活——視覺美學之翱翔》201708

杜象・未來主義

下樓梯的裸女
步履輕盈的走下來　走下來
在詫異的定點看妳的移動
時間在氣流裡飛舞
將妳的動態軌跡一點一點
拆解　再組合
流動性透視下的女子
是今生採集的參差荇菜
但　寧靜柔美已遠離
剛冷理性乍顯露
體操和機械式的步伐是妳的變奏
猶如正在運轉的機器
妳的個性翻山越嶺成狂熱不羈
動與力的坦率
令人重新認識妳
未來主義的生命力和速度
是妳生活中的新追求

圖：《下樓梯的裸女》｜杜象
1912年｜油彩・畫布｜146×89cm
美國賓州費城藝術博物館

註：杜象（Marcel Duchamp，1887-1968），法國藝術家，1912年的《下樓梯的裸女》被視為現代藝術未來主義的代表作品；未來主義興起於1909年義大利，反映現代文明的特色，必須「有動力的感受」，並採用流動性透視法。

《葡萄園詩刊》202502

詩與畫的繆思——藝術詩

杜象・達達主義

噴泉　直接端出衛生器具
男性使用的一個生活現成品
驚訝的瞠目結舌　達達　達達
給你一個新命題
魔幻般改變物體本來的真實性
不再是注入　而是噴出
恰如綻放漫天煙花的原創性貢獻
反藝術、反美學　反得強烈

有八字鬍的蒙娜麗莎
也忍俊不住的　達達主義

瓶架　鏤空的瓶身萌生吊鉤
瓶子的功能似水流逝得無影無蹤
仰天的瓶口長嘯　吁出丘井乾涸
向外長出一彎一彎銀月芽
彷彿藉磁浮力將會掛上件件物象
依然是透空的心

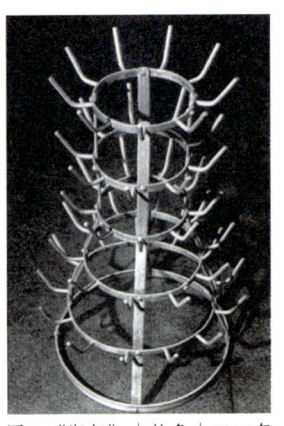

圖：《瓶架》｜杜象｜1914年
原作遺失，於1964年翻製

註：杜象（Marcel Duchamp，1887-1968），法國藝術家，1917年的作品《噴泉》使杜象被認為是達達精神的先驅者。達達主義興起於第一次世界大戰時期，與藝術標準針鋒相對，在歐美造成衝擊。變形的《蒙娜麗莎》和《瓶架》等皆是杜象此類作品。

《葡萄園詩刊》202411

超現實狂想曲

古怪的牛奶正在聆聽高雅的黑夜
精緻屍體的孩童遊戲瀰漫文字教室
機緣性相遇的影像建構神奇的況味
戰爭景象從一戰到俄烏
工業冷漠摩擦網路虛擬
弗洛伊德的潛意識自深井浮現一朵睡蓮
阿波利奈爾咀嚼夏卡爾的繪畫語彙
花束、愛侶、家鄉　傳導心理的第四次元

布列東的宣言猶如女性裸露
點燃性幻想和本能的情欲　蝶舞歡愉
昔日的性別觀看是否今日如潮水消退
天球構成的卡拉形象在環宇中旋轉
面對所愛　恐懼與擁有於心中交互纏繞
生命洋溢的茱白康
替代龐貝古城的希臘石雕葛瑞迪娃
壓抑剎那得到紓解
終究是非理性的欲望
聚焦於超現實思思慕慕的繆思女神

獅身人面的斯芬克斯神話
蛻變成女身獸面的達利傳奇
意象拼貼於永恆的記憶裡
時鐘柔軟的垂掛樹枝　光陰悄然靜止

詩與畫的繆思——藝術詩

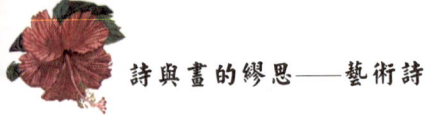

米羅變形的鳥倏忽漫天飛翔
現實物體出現於奇特空間
景容的雕像漂浮於五月蒼穹
自動素描和自動書寫攜手同遊
繁花夢旅連結斷裂淚珠間的幽幽情感
夢幻旅者在真實的地景裡踽踽獨行
一個絕對的、超然的現實輕輕似花綻放

註：超現實主義是在1924年於巴黎開始的藝術運動，面對殘酷的戰爭景象以及工業社會的冷漠，所產生的反叛美學；深受心理學家弗洛伊德的影響，畫家嘗試將現實觀念與本能、潛意識、夢幻的經驗相互揉合，以達到一個絕對的、超然的真實情境，並具有直覺的批判性。

《掌門詩學刊》202309

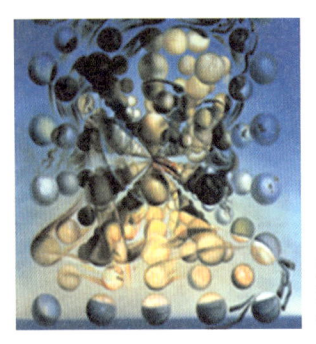

圖：《天球構成的卡拉形象》｜達利
1952年｜油彩・畫布｜65×54cm
費格拉斯達利博物館

圖：《時光靜止（記憶的永恆）》｜達利
1931年｜油彩・畫布｜24.1×33cm｜私人收藏

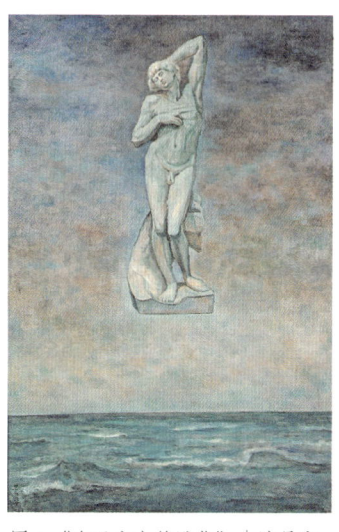

圖：《在天空上的雕像》｜陳景容
油彩・畫布｜臺北市立美術館

圖：《繁花夢旅1》｜楊佳蓉
2009年｜油彩・畫布
65×53cm (15F)

圖：《窗外》(超現實主義＋立體派)
楊佳蓉｜2001年｜油彩・畫布
65×53cm (15F)

超現實狂想曲 137

詩與畫的繆思——藝術詩

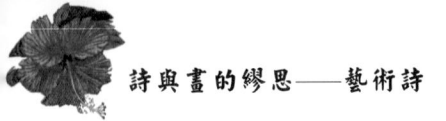

微觀歐姬芙

從蜜蜂的視點看花朵
雞蛋般的小野花
綻放成九十公分的大幅規格
似用微距鏡頭特寫
花瓣的細緻曲線
蜿蜒出女子性器官的形狀
微觀的構圖
探索秘密深邃的性靈內部
描繪平滑單純的鮮嫩肌理
暖暖同色調　漸層暈染
色面簡潔　猶如日出日落
半抽象半寫實的驚嘆

在新墨西哥州沙漠
蒐集動物骸骨
懸掛牆上門上
印第安人眼中的女巫師
在超現實繪畫花園
花卉親吻骸骨
情欲　生命力　神秘情感
強烈迸發

真實容顏和身體語言
憑藉伴侶攝影

訴說心靈的
同性戀與雙性戀
夏季住幽靈牧場
冬季住阿比克
幽居作畫　她喜歡
蔚藍天空朱紅岩石和赭黃荒漠
漢密爾頓　年輕與陶的溫度
快速重燃親密的渴望
熾熱直到98歲

遊台灣的空中
自飛機窗外一望無際的雲海
淡寫雲彩上的穹蒼
浮雲恍若閃爍光亮的波濤
長空迤邐磅礴的氣勢
磚瓦屋內院與白雲的變幻中
傾聽房屋與自然的對話
搬用大色塊精簡形象
追求思維的理想美

峽谷　荒野　牧場教堂
豪壯的自然景觀　去繁為
簡略的線條
簡單的色彩

詩與畫的繆思——藝術詩

簡化的塊面
物質世界的繽紛靜靜沉睡
宇宙萬物的形似悄悄飄散
少即是多　離相　無相
視覺創作的極致
真樸空靈的意境
超然歐姬芙

註：歐姬芙（Georgia Totto O'Keeffe，1887-1986）的作品是美國繪畫藝術的經典代表；其畫作具有半抽象半寫實的特點，不只畫作吸引人，畫家本人即是一個傳奇。

《葡萄園詩刊》202102

圖：《紅色罌粟花》｜歐姬芙｜1927年｜76×91cm

圖：《雲彩上的穹蒼IV》｜歐姬芙｜1965年｜244×732cm｜美國芝加哥藝術館

圖：《牧場教堂》｜歐姬芙

圖：《在磚瓦屋的內院與白雲VIII》｜歐姬芙｜1950年｜油彩，畫布
美國歐姬芙美術館

澂觀歐姬芙 141

詩與畫的繆思——藝術詩

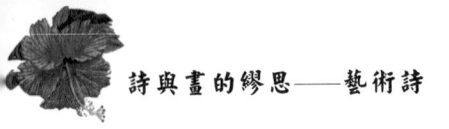

安迪・沃荷，普普藝術

母親的手寫字體拍動古怪可愛的翅膀
飛入沃荷的插畫溫室
照片和圖像的摹寫　隱藏在暗黑的泥土裡
瑪麗蓮夢露　彷若一朵華麗的山茶花
從絹網印刷重複的綻開　綻開　綻開
永世容顏變化繽紛的妝扮色彩
明星的形象採擷自報刊
錯以為是生活周圍的鄰人
轉動生產的工業美感
攪和流行的視覺飲品
加強細部的加冰減糖調製
形成冷漠的風格
原來是傳播惹的禍　註定是熟悉的陌生人
貓王　伊莉莎白泰勒　肖像放大的版畫
讓創作不再專屬於佝僂的辛勤
藝術商業化　金錢猶如不斷湧現的泉水
充分滋潤名聲的酷愛者
贏利和工作皆成藝術
沃荷的成名十五分鐘
時間也複製　複製　再複製

32罐康寶湯罐頭
不同口味產品容納大眾喜好
100個可樂瓶

是否裝滿日復一日的酸甜苦辣鹹
幾百部電影如帝國大廈
使紐約冒出的工廠　人影幢幢的工作室
發出更閃耀的銀色光芒
六百多個寶貴日常檔案　時光膠囊系列
硬紙板的盒子裡填積回憶與廢棄物
多產沃荷高明的將高雅和通俗　無界化
對媒體又熱吻又嘲諷
普普藝術　開啟組構與再現的後現代
資訊科技中　意象袋鼠跳躍於過去與現在

註：安迪・沃荷（Andy Warhol，1928-1987），美國人，《瑪麗蓮夢露》為其著名絹網版畫，是普普藝術（Pop Art）作品。普普藝術萌發自50年代的英國，50年代中期盛於美國，意謂流行藝術或通俗藝術，他們企圖描繪生活周圍的事物，後來乾脆照抄、放大，甚至拿出實物來；屬於後現代藝術。

《從容文學》202407

圖：《瑪麗蓮夢露》｜安迪・沃荷｜1967年
絹網印花・紙｜200×500cm
美國紐約安迪・沃荷博物館

圖：《32罐康寶湯罐頭》｜安迪・沃荷
1962年｜石版畫｜260×425cm
美國紐約現代美術館

安迪・沃荷，普普藝術 143

詩與畫的繆思——藝術詩

黃色小鴨

十年前邂逅於北台灣海洋
基隆港幻化成大浴缸
放大的玩具與豪華郵輪盪漾碧波上
港邊美術館靜靜展示妹妹雅子雕藝
母親笑容與黃色小鴨在相簿中閃爍
十年後俏皮身影光榮迴游高雄
南部陽光溫暖的呼喚遊子的心
慈母於異次元空間
定會遙見故鄉的水與光色

福爾摩沙的河海溫度必不同於荷蘭
漂浮的友好天使
霍夫曼的巨型橡皮鴨
療癒世界各地渴望純真的心
愛河灣思慕美夢於景觀蛻變中成真
燈會在冬日遊樂園閃耀人間星光
湛藍的天空　鮮黃的小鴨
童趣的對比色彩掀起風浪片片驚呼
人類變渺小了　頓時與萬物平等

幸福也躲在城市的每個黃色角落
在捉迷藏中踏入童年的時光隧道

輕軌承載質樸的鄉土情懷
前往發現黃色笑臉　奔赴真愛碼頭
日常物體與事件的概念藝術
在東方海島依依發酵
觀眾如你與我　追逐燦亮的萌圖像
其實直接參與創造　呢喃對話
本土情感中滴滴滲入鵝黃的蜜糖
攪拌　作品在腦海裡思索完成
揉合平易、單純、喜悅的　赤子心

《掌門詩學刊》202405

圖：《黃色小鴨》｜霍夫曼

詩與畫的繆思──藝術詩

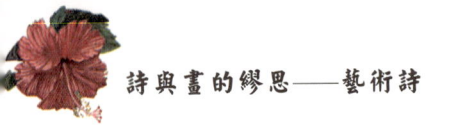

大漁櫻之紅

一抹紅
狂烈的落在冷藍
燦紅無形
凝斂成珠
珠珠串聯為網
網住隻隻如魚游轉的目
象罔若愚
或可得櫻

《葡萄園詩刊》201805

圖:《春之櫻花》｜楊佳蓉｜2016年
油彩‧畫布｜45.5×53cm (10F)

愛情的風格

一勺橙
秘釀愛情
細細密密
浸透果肉　果核
流竄血管　神經
盡是黏黏汁液
淺嚐　小甜
狂吸　大甜
悄然成癮　甜貫骨脊
一旦去甜　痛徹心扉
橙一勺
愛情的風味
蜜然成形

圖:《橙花與靜物》｜楊佳蓉
2017年｜油彩・畫布
53×41cm（10P）

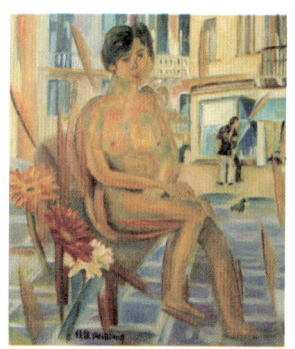

圖:《威尼斯建築物前的裸女》
楊佳蓉｜2009年｜油彩・畫布
53×45.5cm（10F）

《台客詩刊》201706

詩與畫的繆思——藝術詩

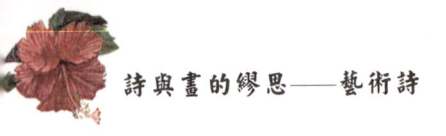

阿勃勒光色

一樹黃
亮晃晃
以月光塗抹
凝結成串
日以繼夜
光束的筆收斂些
其實　揮霍忘形
盪出邊界　又何妨
摘下清澄黃
點燈心房
虛室生黃
也是明亮

圖：《金黃阿勃勒》｜楊佳蓉
2015年｜油彩・畫布｜45.5×38cm (8F)

一方綠

一方綠
擄獲雙眼
陽光在綠上跳躍
芬多精是隱形的精靈
夜雨呢喃的回甘　喜上眉梢
吸滿能量的綠
青翠欲滴
一口服下
沁入心田
浸濡綠的洗滌
渾然忘形

圖：《山徑》｜楊佳蓉｜2014年
油彩・畫布｜53×45.5cm (10F)

詩與畫的繆思——藝術詩

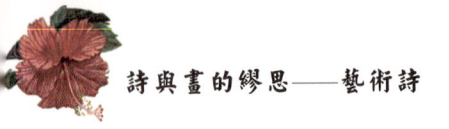

藍的遊戲

一片藍
雲飄是天
浪漂是海
仰視搆青天
俯瞰掬靛海
天與海親吻的瞬間
藍藍相融
或孕青鳥漫天飛舞
或育鯖魚茫海嬉游
不問快樂與否
因為藍知道

《台客詩刊》201712

圖：《海島一景》｜楊佳蓉
2006年｜油彩・畫布｜65×53cm (15F)

睡蓮池的一襲優雅紫色

一襲紫
悠悠綻放
波光
是酒罇飲盡前的低語
依戀鄰鄰
倒影
似耽美的記憶
風中搖曳清秀與柔弱
石破水鏡
碎成片片　片片　片片的
紫色琉璃
葉與夜已和解躺平
睏了的蓮
只好在睡夢裡
拼貼她的解構面向

圖：《睡蓮池一襲優雅紫色》｜楊佳蓉
2017年｜油彩・畫布｜小品

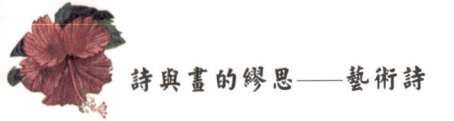

渾沌之黑

一落黑
三原顏色的迷藏
五彩墨色的極致
千萬心緒的隱藏
陰影不盡然黑
黑是樸素老子的衣袍
被渾沌包裹的滋味
玄之又玄
愛也虛靜
情也空無
融入自自然然的黑
生命之初

《台客詩刊》201706

圖：《依偎樹上的蝴蝶蘭》｜楊佳蓉
2016年｜油彩・畫布｜53×45.5cm（10F）

白鶴芋

一群白　似白鶴
沿著風的稜線　飛過草原

長長花梗自葉腋如劍抽出
純潔無瑕的苞片鶴立群葉中
翹首迎風　探看溫暖天空
張滿風帆航向期盼的順遂浮世
典雅的佛焰花序猶似蠟燭柱
靜默許下和平心願

花葉皆婀娜多姿
在簇生型草本植物的繁密中
飄開稀有的裊裊花香
縈迴祥瑞安泰與清廉的祈禱文
橢圓形大葉片　翠綠若片片湖泊
輕盈的洗除空氣裡遊蕩分子
貼心給予清新舒適
熱帶高溫難耐　葉脈潛流漸漸蒸散
持續奉上淨水保有滋潤
是最友善的回饋

圖：《白鶴芋》｜楊佳蓉｜2015年
油彩・畫布｜41×31.5cm（6F）

《掌門詩學刊》202501

詩與畫的繆思——藝術詩

粉紅的變幻

一匙粉紅
灑入荷塘
微風攪動
燃起點點燭光
粉紅靜靜發酵
晨曦下最迷離的甦醒
一瓣，二瓣，三瓣⋯⋯
綻放的輕顫
是仲夏寂寂的天籟
化為裊裊薄煙
恬淡的飄入
你我粉紅的夢境

《藝術與生活——視覺美學之翱翔》201708

圖：《荷》｜楊佳蓉｜2004年｜油彩・畫布｜53×65cm (15F)

灰之渾渾

一簾灰
迷迷濛濛的灰色地帶
或想鑿開雙目
透過依稀天光
窺看粉紅山櫻與蝴蝶親吻
或想雕塑凸鼻
芬芳襲入雙孔
沈醉於五彩茉莉乘風飄香
或想刻畫雙耳
登登追逐紅竹行山的腳步
聞見高空黑鷹嘎嘎狂笑
或想啄出朱口一枚
吐露九重格格如珠妙語
蒙古石馬聽也憨厚依然
山林白日斜
樹葡萄的甘甜欲先品嚐
杜鵑花的美夢正在醞釀
吟鞭東指
天涯渾沌仍灰灰

圖：《神仙谷》｜楊佳蓉｜2016年
油彩・畫布｜31.5×41cm（6F）

詩與畫的繆思——藝術詩

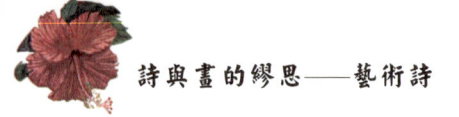

水光與褐岸

一條褐,
擠出一條河滋潤的肥沃土地,
宜蘭河、淡水河、愛河⋯⋯,
水光亮燦,
是河畔閒步者眼底的珍珠,
追逐著水光,
閃閃跳躍至密西西比河、塞納河、
台伯河、尼羅河、恆河、黃河⋯⋯,
散點散點散點的透視,由
一條褐,
延展出一條河哺育浮生的豐腴故事。
水光與河岸,
相依相戀,
旅人自古癡迷的追尋。

《葡萄園詩刊》201802

圖:《羅馬台伯河景色》｜楊佳蓉｜2015年
油彩・畫布｜45.5×53cm（10F）

艷艷朱槿花

艷艷朱槿花　啼笑鮮嫩戀情
雙雙同根相依
綴染金粉的悠長花蕊
猶如邱比特的金箭
也似一把小燭火
映照甜苦交加的微妙心靈

艷艷朱槿花　常保清新戀情
朝開倒卵花瓣
暮合柔毛天衣
依順　婆娑起舞的
纖弱枝枒與綠光葉片
嫣然繁花香溢四季
喜盈盈

艷艷朱槿花　親歷永恆戀情
日出東方湯谷
輕拂槿樹上升
光耀八方
嬌寵槿花彷若焰生
與日同輝
日復一日
愛　永不停息

《葡萄園詩刊》202008

註：封底畫作《艷艷朱槿花》

圖：《艷艷朱槿花》｜楊佳蓉
2022年｜油彩・畫布｜65×53cm（15F）

詩與畫的繆思——藝術詩

華文俳句

多筆油彩傾瀉整張畫布
紫藤

步道口茶壺山的嵐煙
紫藤

仰視戲劇院的飛簷
三色堇

眺望悠悠旋轉的摩天輪
金盞花

圓山園區的彈唱聲浪
炮仗花

圖：《三色堇瓶花》｜魯東｜1910年
粉蠟・紙｜62×48.2cm｜私人收藏

在花海的愛心框裡留影
情人節

吉他彈唱傾訴衷曲
情人節

追隨神轎的萬千腳步
媽祖

攜帶四果返家鄉
清明

小孩們圍繞寺廟前
氣球

詩與畫的繆思──藝術詩

門戶上懸掛的小虎圖形
艾草

父親為幼兒說成語故事
桃花

牆外石板路的紫紅斑點
桑葚

流動的目光在灣澳迴繞
燕鷗

太平洋黑潮的金綠色澤
鱰魚

籬笆內吠叫的家犬
刺竹

加油站等候的車輛
向日葵

相片容顏在某年靜止
母親節

火車站出口的廣闊原野
波斯菊

象山峰看人間絢爛
跨年

圖：《向日葵能量花束》｜楊佳蓉｜2016年
壓克力顏料‧畫布｜41×31.5cm (6F)

華文俳句社「句會優選」或「一周精選」2025、《創世紀》詩刊「華文俳句欄」2025或《中華日報》副刊「華文俳句欄：渺光之律」2025、《臺灣華俳集》2025

萬卷樓文叢・楊佳蓉作品集　9900C02　　　　語言文學類　現代詩類

詩與畫的繆思——藝術詩

作　　者	楊佳蓉
發 行 人	林慶彰
總 經 理	梁錦興
總 編 輯	張晏瑞
編輯企劃	楊佳蓉
封面底圖	楊佳蓉
編 輯 所	萬卷樓圖書股份有限公司
排　　版	承裕印刷排版公司
印　　刷	功名彩色印刷公司
發　　行	萬卷樓圖書股份有限公司
	臺北市羅斯福路二段41號6樓之3
	電話 (02) 2321 6565
	傳真 (02) 2321 8698
	電郵 SERVICE@WANJUAN.COM.TW
香港經銷	香港聯合書刊物流有限公司
	電話 (852) 2150 2100
	傳真 (852) 2356 0735

ＩＳＢＮ　978-626-386-287-6
2025 年 8 月初版
定價：新臺幣 398 元

如何購買本書：
1. 轉帳購書，請透過以下帳戶
　　合作金庫銀行　古亭分行
　　戶名：萬卷樓圖書股份有限公司
　　帳號：0877717092596
2. 網路購書，請透過萬卷樓網站
　　網址 WWW.WANJUAN.COM.TW
大量購書，請直接聯繫，將有專人為
您服務。(02)23216565 分機610
如有缺頁、破損或裝訂錯誤，請寄回更換

版權所有・翻印必究
Copyright©2025 by WanJuanLou
Books CO., Ltd. All Rights Reserved
Printed in Taiwan

國家圖書館出版品預行編目資料

詩與畫的繆思：藝術詩/楊佳蓉著. --
初版. -- 臺北市：萬卷樓圖書股份有
限公司, 2025.07
　　面；　公分. --（萬卷樓文叢. 楊佳
蓉作品集；9900C02）
語言文學類，現代詩類

ISBN 978-626-386-287-6(平裝)

863.51　　　　　　　　　　114008545